蝶が溺れた甘い蜜

弓月あや

Illustration
北沢きょう

B-PRINCE文庫

※本作品の内容はすべてフィクションです。
実在の人物・団体・事件などには一切関係ありません。

CONTENTS

蝶が溺れた甘い蜜

雨だ。

濡《ぬ》れちゃったなぁ。寒いなぁ。冷たいなぁ。……つめたい……。

雨に濡れ重くなった振袖姿で、銀座《ぎんざ》の街を歩いた。

手足は冷え、惨めな気持ちに拍車をかける。身を包む美しい着物は雨に汚れ、華麗に結ばれていたはずの帯は、だらりと地を引きずっている。常軌を逸している姿だ。

自分が異様な恰好《かっこう》をしていると自覚はあったが、ぼんやりとした頭はその恰好がおかしいとも、異様だとも思えなかった。

もう、やだなぁ。

もう、なにもかもが嫌だなぁ。

突然の大雨に、誰もが軒先に飛び込んだ。濡れて歩く者に、声をかける者はいない。

可笑《おか》しくなって、笑みが浮かぶ。

誰もぼくに興味ない。誰も関わってこない。誰もぼくなんか好きじゃない。ぼくはいらない。いらないいらない、……いらないんだ。

そう思った瞬間、声を出して笑った。自分があまりに滑稽だったからだ。

「ばっかみたい……」

そのとき。前方から眩《まばゆ》い光を放ちながら、一台の自動車が現れた。

車だと認識した瞬間、ドンという音と共に衝撃が襲い、身体《からだ》が地面に叩《たた》きつけられる。誰かの悲鳴が響く。震える瞼《まぶた》を開くと黒い車が停《と》まり、誰かが降り走って来るのが見える。

「きみ！　しっかりしなさい！　きみっ！」

張りのある低い声の持ち主は倒れこんだ身体を抱き上げると、すぐに事故を起こした車に運び入れ、座席に横に寝かせた。運転手の男が平身低頭で、震え声を出す。

「ご、ご主人様……っ、申し訳ございません、申し訳ございません……っ！」

「謝るのは後だ。この子を病院に運ぶ。運転してくれ！」

すぐに車が走り出し、後部座席に寝かせられると、横に座った青年の膝に頭を乗せられ、楽な姿勢にさせられる。

「間もなく病院に着くからね。大丈夫だ。すぐにドクターに診てもらおう」

根拠のない励ましを言っている青年のほうが、緊張した声をしている。その様子が可笑しくて笑いそうになった瞬間、急に嘔吐《おうと》がこみ上げた。

「は、離し、て……、う……っ」

抱きしめてくる身体を押しのけようとしたが、抵抗もできないまま青年の胸めがけて、吐いてしまった。洒落《しゃれ》た洋装が、とたんに吐瀉物《としゃぶつ》で汚れた。

だが彼は吐いてしまった自分を敬遠するどころか、逆に強く引き寄せると口に指を突っ込み、こじ入れ唇を開かせる。途端に呼吸が楽になった。

「吐いてしまったな。だが、呼吸もつまっていない。うまく吐けた」

彼はそう言うと汚れた上着を脱ぎ捨て、改めて抱きかかえる。

「大丈夫。きみは助かる。絶対に助かる。――――いや、助けてみせる」

薄れゆく意識の中で青年の声を聞きながら、天に昇る気持ちになってくる。

(このひと、誰だろう。……ああ、天使様、……天使様だ……)

一度だけ見たことがある、西洋の宗教画が脳裏を過《よ》ぎった。聡明《そうめい》そうで、それでいて慈愛に満ちた表情の大天使が、自分を抱き上げてくれているのだ。

ああ、もう死ぬんだ。

すべてのことから解放される。なにもかも、おさらばだ。ああ、嬉しい。

やっと死ねる。皆さんさようなら。なにもかもさようなら、さようなら。

よかった……、よかったぁ。

そこまで考えたとき、目の前が真っ暗になる。哀れな蝶の意識は、そこで途切れた。

1

「おにいさま。このかた、どうなさったの」

「おにいさま、こわいかお。どうなさったの」

目が覚めたとき、鈴を転がすような可愛《かわい》らしい声が、耳をくすぐった。馴染《なじ》みのない声音に、薄目を開こうとすると今度はまったく違う男性の声がする。

「よかった。目が覚めたか」

視界に入ったのは、綺麗《きれい》な顔立ちをした青年だ。彼は柔らかな髪と、健康的に焼けた肌の持ち主で、一目で闊達《かったつ》な性格なのだろうとわかる。

見るからに上等な仕立てのシャツと、きちんとしたズボンを身につけている様子は、良家の子息といった風情だ。

だが、なぜ良家の子息が、横になっている自分を覗《のぞ》き込んでいるのか。さっぱりわからない。

いや、ここはどこなのか。

「あの……、あなたは誰ですか」

思い切って訊《たず》ねてみると、酷《ひど》いガラガラ声が喉から絞り出された。びっくりして口元に手を当てると、その両手には、真っ白な包帯が巻かれている。

「これ……」

「まだ動いては駄目だ。きみは、車に撥《は》ねられたんだ。奇跡的に裂傷も骨折もないと診断されたが、脚の骨にヒビが入っている。それと、両腕や背中の打撲もね。家もわからないし、本来なら入院したほうがよかったのかもしれないが、目が覚めて誰も傍《そば》にいないと、不安だろう」

「ぼく、ど、どうして」

戸惑った声で事態を訊ねようとすると、明るく可愛らしい声に遮られる。

「おめめ、ひらいたわ」

「ひらいたわ、ひらいたわ。きれいな、おかおねぇ」

可憐《かれん》な気配に、びっくりして顔を上げる。するとそこには、そっくりな美少女が二人、自分を覗き込んでいた。どちらも可愛らしい浴衣《ゆかた》を着ている。

「どこか、いたくありませんか」

「わたくしたち、かんびょういたしますね」

ほぼ同時に話す双子に面食らっていると、青年が困ったように眉を顰《ひそ》めた。

「こらっ、下枝《しづえ》、上枝《ほづえ》。もう部屋に戻りなさい。この人は怪我《けが》をしているんだ。枕元で看護婦ごっこをするんじゃない」

青年がきつい口調で叱ると、人形のような少女たちは「ごめんなさぁーい」と枕元から離れていく。ぱたぱたと扉まで小走りに近づくと、くるっと振り向いた。

「おだいじに、なさってね」

「おだいじに、なさってね」

二人は歌うような声で言うと、部屋から出て行った。その後姿を見送っていた青年は、大きな溜息《ためいき》をついて振り返る。

「うるさくして、すまなかったね。許してやってほしい。妹たちは不意のお客様で、はしゃいでいる。眠いのを我慢して、様子を見に来たんだ」

「妹……」

「橙《だいだい》色の浴衣を着ていたのが、姉の下枝。緑色の浴衣が妹の上枝。まだ、四歳になったばかりで、私とは二十も歳《とし》が離れているんだ。親子みたいだろう」

ちょっと可笑しそうに笑うと、青年は急に真面目《まじめ》な顔で見据えてくる。

「私の紹介がまだだった。私は当主の仁礼《にれ》賛《たすく》。本日の午後、私の運転手が、きみを撥ねてしまったんだ。急遽《きゅうきょ》、病院に行き診察を受けてもらった。奇跡的に軽傷だし、面倒を見てくれる人がいるなら入院の必要はないと言われてね。だから、私の自宅へ連れてきたんだ」

「病院？」

「覚えていないかな。きみは銀座の車道の真ん中を歩いていた。雨で視界が悪かったせいで、運転手がきみを避けられず、急ブレーキをかけたが間に合わなかったんだ」

交通事故。銀座。雨。間に合わなかった。

贇の言葉が頭の中で躍る。本当に自分の身に降りかかったことなのか。

あちこち痛みが走る身体と、見慣れぬ壁や天井。なにより、この贇と名乗る青年の話を聞いていないと、なにもかも信じられない。

「先ほども言ったとおり軽傷で済んだが、どんな後遺症が出るかわからないし、安静にしていなければならない」

いろいろと言われて、頭がついていかない。身体を起こそうと布団に手をつくと、激痛が走って倒れこむ。

「いた……っ」

「まだ動いては駄目だ。きみは脚の骨にヒビが入っているんだからね」

贇の言ったとおり脚も腕も……身体中が痛い。なにより頭が痛い。どうして、こんなに頭が痛いのだろう。

考えると身体が熱くなるのに、頭の中が冷たくなる。自分はなにをしているのだろう。どうして寝ているのだろう。

「ぼ、ぼくはもう、帰ります……」

「落ち着いて。怖がらなくていい。ゆっくりと深呼吸をしなさい。ここは仁礼子爵邸だ」

賛は辛抱強く同じ言葉を繰り返す。そして倒れて震えている肩を、優しく叩く。

「にれししゃく……？　ししゃく？」

「子爵を知らないのか」

「うん、ししゃくって、知らない」

賛は一瞬戸惑ったような表情を見せ、慎重な面持ちで訊ねてくる。

「きみの名前を教えてくれるかな？」

「ぼくの名前？　ぼくのことも知らない。あなたのことも知らない……」

「……そうか。では、医者に診てもらわなければならないね。風邪《かぜ》を引いたときと同じだ。誰でも医者にかかるだろう？」

「医者なんて嫌だ！」

大きな声を出したせいで、頭痛がさらに酷くなる。そのまま身体を丸めてしまった。

怖い。こわい怖い。なにもかもが怖くて仕方がない。

「どうしてぼくは、こんなところにいるの？　怖いよ、怖い！　もう帰る！　こんなところは嫌だ！　もう帰る！」

混乱して大きな声を出してしまうと、賛は辛抱強く慰めてくれる。

「大丈夫。なにも心配しないでいい。きみのことは、私が守る。絶対にだ」

凜《りん》とした声に顔を上げると、青年と目が合った。その瞳は薄い茶色で、とても美しい。見ているだけで、心が静まるようだ。

「守る……。どうして？」

そう訊ねると賛は困ったように微笑《ほほえ》み、興奮して乱れた髪を優しく撫《な》でつけた。

「さぁ。なぜだろう。……私は昔から、迷子の犬や仔猫《こねこ》を拾ってしまう性分なんだ」

賛の優しい声を聞いていると、それだけで落ち着くみたいだった。しばらくじっとしていると、賛は呼び鈴を鳴らす。すると、すぐに老齢の紳士が部屋に入ってきた。

「ご主人様、お呼びでございますか」

「槇原《まきはら》、下にいるドクターを呼んできてくれないか。患者が目を覚ましたが、少々、興奮しているからと」

槇原と呼ばれた紳士は「かしこまりました」と答えると、頭を下げて部屋を出て行った。その様子を見て、思わず声を出す。

「あの人、誰？」

「彼は当家の執事を務めている。槇原という名だ。とても長い間、この仁礼家に仕えてくれている、信用できる人物だ」

なんとなく聞き覚えがある言葉に、ほんの少し反応を示す。以前にも、執事といわれる人物が身の回りの世話を焼いてくれていた気がする。

「執事……、運転手……、――――皆、召使のこと」

頑是ない声で確認すると、賛が「そうだ」と頷《うなず》いた。

「そう。よく知っているね。きみがしていた装いから察するに、どこか資産家のところにいたのかな。きみは、とても豪奢《ごうしゃ》な振袖を着ていたんだよ」

かなりの訳ありだと、薄々察しがついていたのだろう。だが、賛は表情も変えることなく、平静な様子で話を続けた。

「事故を起こした運転手が、きみのことを心配していたよ。先ほどまで、部屋の外で待機していたんだ。警察に出頭する準備もできているそうだ。だけど、道路の真ん中を歩いていたきみも悪いよ」

賛は真面目な顔でそう言うと、子供にするように「めっ」と言った。

「道路の真ん中……。ぼく、そんなことを……」

話をしている間に、執事が再び部屋の扉を叩く。賛は「入りなさい」と答えた。

「失礼致します。先生をお連れしました」

医師を連れてきた執事を、賛は「ありがとう」と労《ねぎら》い、腰をかけていた寝台から立ち上がる。

「行かないで！」

寝台から離れようとした賛のシャツを摑《つか》むと、彼は驚いたように目を見開いている。

「大丈夫。先生に席を譲るだけだよ」

「でも、……でも、行かないで……」

子供のように頼りない声で哀願すると、賛は困ったように溜息をつく。

「困った駄々っ子だ。じゃあ、私は隣で、きみとずっと手を繋《つな》いでいよう」

「手を？　手を繫ぐって……」

「うん。ほら、こうやって繫いでいれば、怖くないだろう」

賛は震える白い手を、きゅっと握りしめる。

「ほら、これで大丈夫。もう怖がらなくてもいいよ。先生はとても優しい、いい方だ。心配はいらない。きみをひとりにはしないからね」

優しい声で言われて、思わず、こっくりと頷いた。

見計らったように、槙原の後ろに立っていた背広を着た紳士がこちらへやってくる。

賛は医師に場所を譲り、診察を見守ってやった。もちろん、手は握ったままだ。医師はしばらく診察すると身体的な異常はないとして、安定剤を投与する。賛たちが手を握り合っているのは、もちろん目に入っているだろうが、なにも言わなかった。

「先生、この子は自分の名前も覚えていないようなのですが」

賛が心配そうに医師に尋ねると、彼は安心させるように頷いた。

「まだ、事故の衝撃が抜けていないのでしょう。まずは、ゆっくり休ませてあげてください。それが一番の薬です」

医師は診察を終えると、槇原に見送られて帰宅していく。診断どおり、すぐに瞼が重くなり眠気が襲ってくる。それでも賛の手を握ったまま離そうとしない。

半分眠りに落ちかけているのに、頼りない瞳で賛を見つめている。いたいけな姿に苦笑した賛は、「大丈夫」と囁《ささや》いた。

「なにも心配しないで、ゆっくり休みなさい」

「ひとりになりたくない。……怖い。こわいよ……」

「どうして？　この家の中には、きみを脅かすものなどないよ」

「……うん。なにが怖いか、わからない。けど、怖い……」

埒《らち》もない少年の言葉にも賛は苛立《いらだ》つことなく、真面目な顔で聞いてやる。

「では私も、この部屋で一緒に休もう。それならばいいだろう」

「でも、ぼくみたいに汚い奴《やつ》と寝ると、汚いのが移るよ」

唐突な言葉に賛は瞬《まばた》きを繰り返す。どう答えていいか、考えあぐねている表情だ。

「きみは面白いこと言うね。きみ……、いつまでも『きみ』も変だな。そうだ、浅葱《あさぎ》という名はどうだろう。昨日、それは見事な振袖を着ていたが、それが浅葱色だった」

賛はそう言うと、納得したように頷いた。

「……いかないで」

「大丈夫。きみが眠ってしまっても、私はここにいるよ」

服の裾が引っ張られる感触に、苦笑をもらす。その顔は呆《あき》れているようにも、赤ん坊を見守る父親のようにも見えた。

「怖いものは、この屋敷に入れない。私がきみを、必ず守るよ」

賛はそう言うと、毛布に包まれた肩を優しく、ぽんぽん叩く。慈愛に満ちた手つきだ。

「さぁ。今日はもう寝よう。私も疲れたが、きみはもっともっと疲れているんだ」

賛はそう言って微笑み、同じ寝台で眠った。

「おやすみ。不思議の国の、お姫様」

そう言われると、どんどん瞼が落ち、いつの間にか寝息を立てる。そんな姿を痛ましく思いながら賛は、そっと髪を撫でてやった。

□□□

「失礼致します。お客様、お目覚めでございますか」

軽やかな女性の声で目を開くと、室内は明るい日の光に包まれていた。女性はぺこりと頭を下げて、お辞儀をしてみせる。

「わたくし、お客様のお世話を申し付かりました美東《みとう》と申します。ご気分はいかがで……、え、きゃっ、ご主人様っ、いらしたのですか」

美東の大きな声で顔を上げると、なんと寝台の隣に椅子を置いて、賛がそこに座っている。嫌みなぐらい長い脚を組んだまま眠っている姿は、彫刻のようだ。

「ど、どうして賛が、そんなところで寝てるの」

昨夜のことを、すっかり忘れた浅葱は、思わずつれない言葉が出てしまう。

「ん……？　ああ、おはよう美東。もう、お前が回ってくる時間か」

「びっくり致しました。もしかして、その椅子で一晩、お休みになられたのですか」

美東がそう声をかけると、賛は片手で肩を揉《も》み、首を傾《かし》げた。

「うん。まだ彼が本調子じゃなかったからね。付き添っているうちに眠くなって、つい」

「付き添いでしたら、わたくしにお申しつけくだされば……っ」

一晩中、「付き添っていた」と言われて浅葱が言葉を失っていると、賛はニコッと笑って、こちらを見た。

「おはよう、お姫様」

実に屈託のない笑顔を向けられて絶句していると、賛は「うーん」と唸《うな》り、右に傾けていた首を、今度は左に傾ける。

「いや、お姫様じゃなかった。きみの名は浅葱だ。失礼、浅葱」

賛は嬉しそうに微笑みながら、美東に話しかける。

「美東、彼を浅葱と呼ぶことにしたんだ。着ていた着物の色が、見事な浅葱色だったからね。どうだい、浅葱というのは。いい名だろう」

「素敵です。とても美しくて、お客様にぴったりですわ」

屈託のない賞賛に、賛も穏やかに微笑み頷いている。その笑顔は、記憶を失ってしまい、ざらついた気持ちでいた浅葱の心を温めてくれた。

賛は、自分の使用人が浅葱に怪我をさせてしまったから、だから責任を感じているのだ。でも、だからといって一晩中そばにいてくれたり、髪を撫でてくれたり、優しい言葉をかけてくれるだろうか。

しかも自分は、いかにも訳ありの胡散《うさん》臭い奴なのに。

この家の召使たちだって、こんな正体不明の奴に、皆とても親切だ。これは贇がちゃんと、浅葱は当家の客人だから丁寧に対応するようにと言ってくれたからだと、すぐに察しがつく。

優しい。

この人は、とても優しい。

贇のことを考えた途端、不思議に胸が高鳴っていく。だけど自分の気持ちを、どう説明したらいいのだろう。

この胸の熱さを、なんて言えばいいのかわからない。

怪我をしているから、つい甘えてしまった厄介《やっかい》者。そんな自分に、贇はすごく優しい。改めて思うと、胸の熱さが顔に移ったみたいだ。だって、こんなに頬が熱い。思わず起き上がろうとして、身体がガクッと崩れ落ちそうになった。

「あ……っ」

だが、隣にいた贇は素早く伸ばした手で、寝台に沈み込みそうになった身体を掬《すく》い上げてくれる。子供のように、抱っこされる恰好だ。

美東はそんな様子を見て、すぐに自分も手を伸ばす。

「お助けしますから、ゆっくりと起き上がって、お座りになってくださいまし。身体が痛ければ、すぐにおっしゃってくださいね」

美東も慎重に手を添えてくれ、ようやく身体を起こすことができた。起き上がるとき背中と肩がズキズキ痛んだが、座ってみると、それほど痛まない。美東は素早く枕を肩と腰に当ててくれる。

ふと見回した室内は朝の光が射し込んで、瀟洒《しょうしゃ》な家具や、天井から吊《つ》るされたクリスタルのシャンデリアを照らしていた。

朝を祝う小鳥の囀《さえず》りが、窓の外から聞こえた。寝台に座り込んだまま耳を澄ませる。

（綺麗だなぁ……。すごく綺麗だ。それに、小鳥の鳴き声って可愛い）

昨日は雨に濡れながら、銀座の表通りを惨めに歩いていたのに。

そこまで考えて、はっと顔を上げた。雨に濡れるって、銀座の表通りって、なんのことだろう。自分には、まったく心当たりが。

――でも、雨に濡れた着物や帯の重さが、頭の中に蘇る。

記憶がなくなってしまったのに。他のことは、なにひとつ覚えていないのに。どうして、そんなことが頭の中を過《よぎ》るのか。

「浅葱。冷たい水を飲まないか」

優しい声に顔を上げると、賛が光るグラスに水を湛《たた》えて差し出してくれた。

そのグラスを見た瞬間、今まで感じていなかった喉の渇きが襲ってくる。グラスを受け取ると、ぐぃっと一気に飲み干した。

おいしい。

こんなおいしい水を、今まで飲んだことがあったろうか。

空になったグラスを見つめていると、不思議な気持ちになってくる。自分は、記憶を失う前、どんな生活を送っていたのだろう。

たった一杯の水で、身体のすべてが浄化されたような気がするなんて。

大きな溜息をついたのと、扉がノックされたのは同時だった。美東が軽い足取りで扉に向かい開けると、昨日紹介された執事の槇原が立っていた。

「失礼いたします。お食事をお持ちしました」

槇原が食事を載せた銀のワゴンを押しながら、入室してくる。彼は部屋の中に入ってくるなり左の眉だけを上げて、賛を見た。

「ご主人様、こちらにおられましたか。お客様は、お起きになられてよろしいのですか」

「昨夜、いつの間にか眠ってしまい今朝、美東に起こされた。ああ、そうだ。彼の名を、浅葱と呼ぶことにしたんだ。しばらく滞在してもらうから、呼び名がないと不便だろう」

「え？　た、滞在って……。ぼく、もう帰ります」

慌《あわ》てて賛と槇原の会話に割って入ると、賛は眉間に皺《しわ》を寄せて浅葱を睨《にら》んでいる。

「帰る？　きみは今、寝台に座ることとさえ、ひとりではできなかった。そんな人間が、どうやって帰るというのかな。日常生活さえ、ままならないだろう。それに着るものは雨に濡れた振袖しかない。あれは洗い張りに出しただろう。ねぇ、槇原」

「ご主人様のおっしゃられるとおりかと」

着物の洗い張りとは、縫い目を解いて反物に戻し、そこから職人が一枚一枚、丁寧に洗い上げることから始まる作業だ。さらにいくつもの工程を経て、職人たちによって手作業で丁寧に仕立て直され、元の着物の形に戻る。その作業は複雑で、とても手が込んでいるものだ。

「いえ、そんな。大丈夫です。ちょっとぐらい汚れていても、着られますから」

「申し訳ございません。ご主人様のおっしゃるとおり、浅葱様のお着物は、先ほど洗い張りに出してしまいました。こちらに戻るのは少なく見積もりましても、一ヶ月後でございましょう。もしかすると、それ以上かも」

槇原の言葉に、賛は「ブラボォ」と手を打った。

「では、浅葱は着るものがないから、しばらく当家に滞在しなくてはならない。仕方がないね。不可抗力だもの」

「浅葱様。大変申しわけございません」

「い、いいえ。ぼく、振袖なんか着ていた記憶もないし……、だって振袖って、女の子が着る着物ですよね」

冷静に考えれば着る物がないにしても、他の人間の服を借りればいい。もっと言うならば資産家の仁礼家にとって、服の新調ぐらい容易《たやす》いはずだ。だが賛も槇原も、噯《おくび》にも出さない。怪我人には安静と療養が必要だと、わかっているからだ。

二人とも、この記憶を失った哀れな浅葱に対して心を痛めていた。記憶が戻ることはさておき、保護者が現れるまで、保護してやりたいと思っていたからだった。

「浅葱様。改めまして、執事の槇原と申します。以後、お見知りおきを」

深々と頭を下げる槇原に、浅葱もぺこりと頭を下げた。

「は、はい。よろしくお願いします」

「お加減がよいようで、安心いたしました。お食事をお持ちしましたが、こちらにお運びしてよろしゅうございますか」

執事が指し示したワゴンの上には、甘いパンプディングと、砂糖、桂皮《シナモン》、そして牛酪《バター》で煮た林檎《りんご》が、美しい陶器の皿に盛られている。それと、とろとろのオムレツに温かいスープ。どれもが心づくしの病人食だ。ふんわりとした卵やメープルシロップ、甘い牛酪《バター》の香りが部屋中に満ちていく。

だが。そのいい匂いがする食事を見ても、食欲が湧かない。

（ごはんを最後に食べたの、いつだろう……。思い出せない）

食べ物を目の前にしたせいか、ぐぐぅと腹が盛大に鳴った。その音は、室内にいる人間ならば全員に聞こえたはずだ。だけど。

「う、ううん……。あの、ごはんいらないです」

「ですが昨日は、ほとんど召し上がっておられないと思われます」

「ううん、いらないの」

頑として言い張る姿をどう思ったのか、賛はスプーンを取った。そしてスープをひと匙《さじ》すくい、浅葱の唇へと寄せてくる。

「はい、あーん。口を開けて」

そう言われ、頑《かたくな》な浅葱も言われるまま唇を開き、条件反射のようにスープを飲んだ。

ごくん、と飲み込んでから、目をパチクリしている。

どうやら自分でも、差し出された食事を飲み込んだのが、不思議だったようだ。そんな浅葱を見て、賛は「してやったり」とばかりに目を細める。

「ご主人様、給仕でしたら召使どもが致します」

美東が慌てて声をかけると、賛は軽く肩を竦《すく》めるだけだ。

「いや、いいよ。怯《おび》えた小鳥には、親鳥のように食べさせてあげるのが一番らしい」

賛は運ばれてきたスープを、ふたたび浅葱へと差し出した。浅葱はなんの躊躇《ためらい》もなく、そのスプーンに口をつけ嚥下《えんか》する。

「おいしいだろう。当家の料理番の腕は、極上なんだ」

賛はそう言うと、今度は柔らかく煮たパンプディングを掬い上げ、またしても浅葱の唇へ滑り込ませてしまう。あまりに自然な動きなので否と言えず、もぐもぐ咀嚼《そしゃく》する。

「きみの身体は怪我を負い、衰弱している。だから消化のいいスープや、パンプディング、それに柔らかい卵の料理にしたんだよ。自分で食べられるなら、食べてみるかい」

そう言うと、賛は銀のスプーンを差し出した。銀色に輝く匙を受け取ると、柔らかなプディングを口に入れ、それから、とろとろのオムレツも食べてみる。

どれも深い滋味があり、食欲が出るようにと美しく盛り付けられた数々の品を、浅葱はゆっくりと口の中に入れ咀嚼した。

「……おいしい」

そのひと言を聞くと、槇原も美東も、とても優しい表情を浮かべて浅葱を見る。

おいしい。柔らかな食感も、塩味も牛酪《バター》のコクも味も香りも。なにもかもが、感動するほどの美味だった。

（変なの。どうしてさっきから、こんなに感激するんだろう）

胸の奥が熱くなる。泣き出す直前みたいに唇が震えそうになって、慌てて口元を押さえた。

自分でもわからない感情に、なんだか振り回されているみたいだ。

そんなことを考えていると、涙が出そうになった。すると廊下から賑《にぎ》やかな音がして、昨夜も会った少女たちが現れる。賛が「やれやれ、賑やかさんたちが来たぞ」と溜息をつくのが、なんとも微笑ましくて可笑しい。

子供らしく口数の多い妹たちに辟易《へきえき》しながら、愛情が滲み出ているのが、とても家族らしいと思えた。

そう考えて、浅葱は気持ちが苦しくなる。自分には、そんな愛《いと》おしくて煩わしくて、でも大好きな家族が、いたのだろうか。

「おにいさま。おきゃくさまは、まだいらっしゃる？」

「おにいさま。わたくしたちも、おきゃくさまと、ごはんにしたいの」

小鳥のように囀りながら、下枝と上枝が部屋に入ってくる。だが賛の姿が目に入ると、目を吊り上げて怒り出した。

「ずるいわ。ぬけがけ！」

「おはよう、上枝、下枝。まずはお兄様に、朝のご挨拶をするべきじゃないかな」

注意された双子たちは顔を見合わせると、ぺこりと頭を下げて、「おはようございます」と、あどけない声を揃《そろ》えた。

「はい。おはようございます。で？　なぜ私は朝っぱらから、お前たちに狡《ずる》いと責められているのかな。まったく訳がわからないが」

賛がそう言うと、双子たちは「あ」と顔を見合わせ、次の瞬間、鈴の音色みたいな声で、きゃあきゃあ文句を言い始める。

「だって、おにいさまったら、おきゃくさまと、ずっといっしょだったもの」

「どんどん語彙が増えているなぁ。これは喜ぶべきことなのだろうか」

困ったような賛を尻目に、双子たちはヒソヒソ文句を言い始めた。

「槇原も美東もズルなの。おきゃくさま、ひとりじめしたもの」

「ひとりじめ、だめなの。おきゃくさまは、みんなのものだもの」

「こら。聞こえているぞ。槇原も美東も、ズルなどしていない。彼らは丁寧に浅葱の対応をしてくれている。それが仕事だからだ。独り占めとは意味合いがまるで違う」

賛が妹たちの勘違いを訂正してやると、二人は顔を見合わせる。

「そうなの？　上枝いじわる、いっちゃった」

「下枝も。槇原と美東にきらわれたら、どうしよう」

泣き出しそうな顔の双子の頭を、賛は大きな手でポンポン撫でてやった。

「そんなことで、二人がお前たちを嫌いになるわけないだろう」

その言葉に、双子はにっこりと笑った。見ているこちらが、幸福になってしまう笑顔だ。

明るい日の光を浴びた二人は、まさに天使のようだ。こんな可憐な少女たちが、満面の笑みを浮かべているのだ。こんな子たちを見ていたら、誰もが幸福な気持ちになるだろう。

「さぁ、上枝と下枝は食堂で食事をいただきなさい。ここは病人が休んでいる。うるさくしては駄目だよ。お加減が悪くなったら、大変だ」

賛がそう言うと、双子たちは目に見えて萎《しお》れてしまった。

「おきゃくさま、うるさくして、ごめんなさい」

「おきゃくさま、おかげん、わるくならないで。ごめんなさい」

しょんぼりする少女たちを慰めたくなって、浅葱は思わず声が出てしまった。

「あの、ぼくも上枝ちゃんと下枝ちゃんと、一緒にごはんがいいな」

浅葱のひと言で少女たちが、ぱぁっと頬を紅潮させる。そして、それ見たかと言わんばかりの勝ち誇った顔で、賛を見つめた。

きらきらした目に負けたらしく、賛は面倒そうに槇原へ声をかける。

「槇原、悪いが大きなテーブルを運び入れて、皆のぶんの食事を用意してくれないか」

贅の言葉を聞いて、二人は「きゃあっ」と歓声を上げた。そんな妹たちの笑顔を見て、仕方がないなと溜息をつく。

「浅葱、悪いね。騒がしいけれど、堪忍してくれ」

「ううん。ぼくが二人と一緒にって頼んだんだよ。謝らないで」

そこまで言って、浅葱は自分の唇を指で押さえた。

（どうして、そんなことを言ったんだろう）

食卓や食器が運び入れられる室内で、浅葱は自分の考えていることが、わからないままだった。だが、目の前ではしゃぐ子供たちは可愛いと思う。

「おきゃくさま、上枝のおとなり！」

「おきゃくさま、下枝のおとなり！」

「却下だ。浅葱はまだ、寝台で安静にしなくてはならないから、食事も寝台に座ったままだよ。お前たちは運んでもらったテーブルに着きなさい。我儘《わがまま》は許さないぞ」

贅の言葉を聞いて浅葱は無意識に瞬きを繰り返し、胸が、きゅっとする。大事な妹よりも、自分のことを優先されたからだ。

（ぼく、こんなふうに誰かに優しくしてもらったことが、今まであったのかな）

失ってしまった記憶を掻《か》き集めても、そんな思い出がありそうに思えない。どうしてか、今まで誰かに大事にされていた感覚がないのだ。

胸の奥が疼《うず》くみたいな、そんな不可思議な感情。

「おきゃくさま、ごめんなさい……」

「おきゃくさま、ごめんなさい……」

またしても大好きな兄に叱られて、青菜に塩みたいな、しょんぼりな返事だ。なんとも可笑しいやら可哀想やらなやり取りに、浅葱の口元に笑みが浮かぶ。

「上枝ちゃん下枝ちゃん、二人と一緒のごはん嬉しいな。ぼくも早く二人と同じ食卓で食べられるように、頑張って怪我を治すね」

浅葱がそう言うと、二人はまたしても瞳を輝かせて顔を綻ばせた。

「あのね、上枝、おきゃくさまのこと浅葱ちゃまって、およびしていい？」

「上枝ばっかりズルい！　下枝も浅葱ちゃまって、よびたいの！」

「もちろんいいよ。よろしくね、上枝ちゃん、下枝ちゃん」

浅葱がそう言って微笑むと、少女たちは真っ赤になって俯《うつむ》いてしまった。それを見た賛は、ちょっと呆れたように溜息をつく。

「すごいな。小雀《こすずめ》のような双子を黙らせてしまったぞ。浅葱は、まるで魔法使いだ」

意味はわからなかったが、賛にも、にこっと微笑んでみせる。すると、賛の表情が強張《こわば》って、目を逸《そ》らされてしまった。

「皆様、お支度が整いました。よろしければ、テーブルへどうぞ」

賛の反応が気にかかったが、槇原の声で、疑問も頭から消え失せてしまった。

槇原の一言で三人が椅子に座り、食事を始める。浅葱も寝台の上に脚のついた小さなテーブルを置いてもらい、銀のスプーンを手に取った。もう、以前のような抵抗はない。

信じられないぐらい穏やかな食事が、始まろうとしていた。

2

「失礼いたします」

浅葱が休む客室の扉がノックされたのは、仁礼家に滞在するようになって、一週間目のことだった。

「ああ、入りなさい」

浅葱が寝台に座っていると、すぐ隣で新聞を読んでいた賛が答え、自ら立ち上がり扉を開けてやる。その扉の向こうには、浅葱の見知らぬ中年の紳士が立っていた。

「浅葱、紹介しよう。彼は当家の運転手だ。名を真崎《まさき》という」

彼は深々と頭を下げると、賛に促されて部屋の中に入ってくる。まったく見覚えのない紳士の出現に、浅葱は、この人が事故を起こした人だと察する。

「浅葱様。真崎と申します。お寛《くつろ》ぎのところ、お邪魔しまして申し訳ございません。お加減は、いかがでいらっしゃいますか」

「痛みもだいぶ引きました。もう、歩く練習をしようと思っていますが」

浅葱がそう答えると、紳士はまたしても頭を下げた。

「今さらとお思いでしょうが、実は私が、浅葱様に怪我を負わせてしまった者です」

ああ、やはり――。浅葱は黙って真崎の顔を見つめるばかりだ。それをどう思ったのか、賛が口を開く。

「彼は警察署に自首すると言っていたのだが、私が今日まで引き留めていた。きみの容態が安定したら、頼みたいことがあってね」

「頼みたいことって？」

「今回の交通事故を示談にしてもらえないか、きみに訊《き》いてみたかったんだ」

「示談って言葉の意味が、わからない」

「争いをやめて、仲直りすることかな。いや、きみも真崎も争っていないか」

他に言葉が見つからないのか、賛は困ったように首を傾げ、丁寧に説明してくれた。

要するに弁護士を雇い提訴し、公判に出廷しなくてはならない。だが、働いている身なので、何度も裁判所に行く時間が惜しい。

「通常ならば交通事故が起これば、直ちに警察に出頭し、最終的に裁判になる。だが、彼は病弱な妻と幼い子供たちがいる身なので、働き手が不在なのは死活問題だ」

「死活問題って、なに？」

「死ぬか生きるか、という意味だ。もちろん彼は仁礼家の大事な運転手なので、家族の面倒は当家が見る。だが、できることなら、刑務所に行かせたくない。……これは私の、勝手な願いだ。だから、合意できる条件で揉め事を終わりにしようというのが、示談だ」

「えぇと……、話し合いで解決しようっていう意味で合っている？」

「ご明解。当事者の合意で成立する。まさに、それが示談だ」

贄は頷き、真崎を見た。

「真崎はね、事故を起こして、とても苦しんでいる。きみも事故後の治療で苦しんでいるのは一緒なのはわかっているが、どうか腹立ちを静めてくれないか」

「腹立ち？」

「交通事故の場合、どちらかが一方的に悪いと判断するのは、難しいと思うんだ。人も車も、動いているもの同士だからね。私の言うことは、間違っているだろうか」

真剣に話をする贄をよそに、浅葱は「んーん」とかぶりを振る。

「あのね、ぼく事故に遭ったこと怒ってないよ。怒るっていうか悪いのは、ぼくだもの」

説得できないかと思っていたらしい贄は、浅葱の言葉に瞠目《どうもく》していた。

「いや、浅葱が悪いというわけでは」

「ううん、ぼくが悪い。雨の中、フラフラしていたんでしょう。きっと車が来ても、避けなかったんだと思う。だから、真崎さんは悪くない。むしろ、謝っても謝りきれないよ。その真崎さんを刑務所に行かせるなんて、とんでもない」

訥々《とつとつ》と喋《しゃべ》ってはいるが、確かに浅葱の言うことは正しい。前方不注意だったとすれば真崎にも非があるが、浅葱は車が来ても避けもしなかったのだ。

「真崎さんは悪くない。悪いのは、ぼく。だから、真崎さんが刑務所に行くことなんか、全然ないんだ。これで終わり」

あっさりと話を終わらせてしまった浅葱は、笑みを浮かべて真崎を見た。

「ぼくの不注意で真崎さんに迷惑かけて、ごめんなさい。もう気にしないで。怪我だって、よくなっている。だから、奥さんをお大事にしてください」

そう言うと、真崎は黙り込んだまま涙を滲ませる。きっと浅葱と対面するにあたり、彼はとんでもなく悩んでいたのだろう。万が一、刑務所に行くことになったら、病身の妻や幼い子供たちをどうするか、思い悩んでいたのだろう。

「浅葱様、ありがとうございます。……ありがとうございます……っ」

「ぼくのほうこそ事故のとき病院に運んでくれて、ありがとうございました。今、こうしていられるのも賛と、真崎さんのお陰です」

そう言うと今度こそ真崎は泣き崩れてしまった。傍にいた賛はなにも言わず、ただ二人を見守っているだけだ。

落ち着くまで待ち、しばらくしてから真崎は部屋を出て行く。何度も何度も浅葱に頭を下げていたのが、印象的だった。

真崎が出て行ってから賛と二人きりになり、浅葱は大きな溜息をつく。

「びっくりしちゃった……。賛、ひどいよ。真崎さんが来るなんて、ひと言も言わなかったじゃないか。突然来て、裁判所だの警察署だの」

「前もって予告すると、緊張するかと思って」

「いきなり来るほうが緊張するに決まっているでしょう」

つんと澄まして言った後、「でも」と続けた。

「早いうちにお話しできてよかった。真崎さんは、ずっと悩んでいたんだね」

「ああ。彼は礼儀正しく、そしてとても生真面目な人間だ。嘘《うそ》がつけないから、何事にも真正直に取り組む。事故のことも、ずっと悩んでいたんだ。きみのお陰で、彼は心の枷《かせ》が外れたのだと思う。浅葱、ありがとう」

いきなりお礼を言われて、顔が熱くなる。恥ずかしくなって、つい俯いてしまう。

「お、お礼を言われることは、なにもしていないし」

「むろん、きみへの賠償金は、仁礼家が責任を持って支払おう。それに今後の治療も」

「そんなのは別に、どうでもいいんだ。しばらく、ここにいさせてくれれば」

「ここに、とは、この家という意味かな」

贅の表情は驚いたようにも、戸惑ったようにも見えて、浅葱は焦ってしまった。

(家にいたいなんて、厚かましかったかな。図々しいって思われたら、どうしよう)

心の奥底が、ひやりとする。まるで冷たい水が流れたみたいだ。

なにか言い訳をしなくちゃ。この家にいても、おかしくない理由を。

怪我のことを言い出そうか。だけど、それは贅の心を傷つけるから駄目だ。もっとちゃんとした理由。負担にならない、でも、この家にいてもいい理由――――。

「しばらくって言っても、着物が戻ってくるまでだよ。ほら、洗い張りに出したやつ」

「着物？　……ああ、この家に来る前に着ていたあれか」

贅は着物と言われても、なんの話かわからなかったようだ。

「そう。あの着物じゃないと、戻れないと思う」

ちょっと深刻ぶって答えたけれど、本当はそこまで考えていたわけじゃない。というよりも、事故のときに着ていた着物なんて、本当は、どうでもよかった。

でも、あの着物という言い訳がないと、自分なんて贅の傍にいられない。

こんな身分違いの人、本当なら近づけるはずもなかった。事故という接点がなければ、きっと一生、口をきくこともなかっただろう。

『浅葱は着るものがないから、しばらく当家に滞在しなくてはならない』

そう賛が言っていたもの。

賛が言うことは、絶対だもの。

欺瞞《ぎまん》だとわかっているけど、でも、その嘘の言葉に甘えたい。だって賛が言ったのだから。だから、嘘が本当になる。

それでも不安になって、再び賛の顔を、ちらと見た。

(やっぱり図々しいこと、言っちゃったんだ)

賛が「いつまでも滞在してくれ」なんて、言うわけがない。だって、浅葱は厄介者だから。歓迎されるわけがない客人だから。

人の心に頼ること、人を信じることの怖さを、誰に言われたわけでもないのに、浅葱はなぜか気づいていた。

(だけど、賛と離れ離れになりたくない)

どんなに厚かましいと思われても。もしかしたら、疎ましいと煙たがられてしまうかもしれないけれど、それでも。

（ずっと賛の傍にいたい）

どうして彼に対して、ここまでの気持ちを抱くのか。自分でも理解できない。ちゃんと説明もできない。

「きみがこの家を出られると思ったら、大間違いだ」

浅葱のもやもやを払拭するように、賛ははっきりとした声で言った。

「きみは簡単に着物の洗い張りと言うが、あれは大変な手間をかけて行うもので、一ヶ月以上かかる。だが、その期間に、きみが完治する確証はない。だから洗い張りが戻るまでではなく、完治するまで、この家にいてもらう」

びっくりするようなことを言った賛は、ちらりと浅葱を見た。

「なにか反論があるかな」

その言葉に、浅葱は慌ててかぶりを振る。

（この家にいて、いいんだ。賛は、いてもらうって言ってくれた……っ）

浅葱の様子を見ていた賛は、「よろしい」と言い、そして微《かす》かに笑った。

「それにきみは一人では眠れないだろう？」

賛はちょっと、からかうように浅葱を見つめてくる。

浅葱が一人寝を拒んだあの日から、賛は毎晩、浅葱と一緒に寝てくれているのだ。彼は浅葱が眠りに落ちるまで、優しく背中をとんとん叩いてくれる。

まるで幼子を眠りに誘《いざな》う母親のように。辛抱強く、それでいて、とても優しい手つきで。

賛のぬくもり。身体を抱きしめてくれる腕の力強さ。穏やかな寝息。包まれている寝具の気持ちいい香り。肌触り。疑いようのない安堵《あんど》。それらのなにもかもが……。

浅葱は生まれて初めて、手にした気がする。

「うん。ぼくは賛がいないと眠れない」

浅葱が大真面目な顔で大きく頷くと、賛は可笑しそうに微笑んだ。浅葱の表情は、まるで母親の手を放そうとしない子供の、ひたむきな表情そのものだったからだ。

□□□

「今日って六日だから……、この家に来て、もう二週間も経っているんだ」

浅葱は暦《こよみ》を見ながら独り言を呟《つぶや》き、溜息をついた。それも当然だ。浅葱が仁礼家で過ごすようになって、気づけば半月が過ぎているのだ。

仁礼家での毎日は、とても穏やかに過ぎていた。賛が申しつけてくれているので、生活になに一つ不自由はない。いや、十分すぎるぐらいだ。

適切な治療。十分な休息。手厚い看護。それだけでなく、行き届いた栄養管理。清潔な寝具。加害者の義務というには、あまりにも豪奢な邸宅。

使用人たちは皆、浅葱に親切に接してくれる。実直な執事、優しくて快活な美東をはじめとする、たくさんの使用人。

だけど誰もが羨む環境にいながら、どうしても馴染めないのも事実だった。

そんな中で浅葱は、先週から歩く練習も少しずつだが始めた。まだ寝台と洗面所の間を、美東に支えてもらいながら歩くだけ。だけど、一人でもそれくらいの歩数は、歩けるような気がした。

「浅葱様、ご無理をなさらないでくださいね」

歩行を手伝ってくれる美東は心配して、いつも同じことを言う。浅葱もそれに対して、いつも笑顔で「大丈夫だよ」と答えるばかりだ。

(ぼくなんて、たまたま仁礼家の車がぶつかっただけの通行人。いや、浮浪児だったかもしれない。どうして、こんなによくしてくれるんだろう)

浅葱の記憶が元に戻らないという大きすぎる問題はある。だが、それを棚に上げさえすれば、表面上は静かな生活が送れていた。

当然のことながら、賛は浅葱の身元を調べさせていた。男が振袖で装って歩いていたのだから、かなり特殊な事例だ。

芝居小屋などを当たらせてはいたが、該当する人間が出てこない。なにより、あの見事な振袖は、衣装として使うには無理がある。あまりにも上等すぎて、庶民の手が届くような代物ではなかった。

浅葱は毎日、往診にくる医者に診察され、湿布を替えてもらった。医師は事情を承知しているが、核心をつく質問はしない。

記憶喪失は繊細な疾病なので、不用意に触れられないそうだ。

賛は浅葱の部屋で本を読むようになった。妹たちも浅葱の部屋でお絵かきをしたり、歌唱したりしてみせる。上枝と下枝は、浅葱にべったりだ。

浅葱もこの賑やかな状況を歓迎しているから、子供たちの相手をこまめにしている。うるさい盛りの少女たちに纏《まと》わりつかれても、悪い気はしなかった。

「賛、こわい顔をしている。どうしたの」

「怖い顔？　そうかな。以前は書室か書斎に入り浸っていたから、考え事をするときに、どんな顔をしているか自分ではわからなかったよ」

賛は上を向いて溜息をつくと、「そろそろ支度するか」と呟き、浅葱が顔を上げる。

「支度？　どうして支度するの？」

「今夜は礼服でお迎えすべき賓客が、当家にいらっしゃるんだ。だから、お出迎えの支度。浅葱は部屋から出なくていいよ。来客の相手は面倒だろう」

「ふぅん。賛の大事なお客様なんだね」

「大事な人だな。おいでになるのは、葉室《はむろ》伯爵家ご息女、嘉世子《きよこ》姫だ。今回は、ちょっと長めに逗留《とうりゅう》される予定だしね」

「葉室伯爵家？　それは偉い人？」

「嘉世子姫はご息女だから、位《くらい》はない。だが、ご実家の葉室伯爵家は偉い」

「偉いって、仁礼の家より偉いの？」

浅葱の言葉を聞いて、賛は肩を竦める。

「偉いよ。爵位には、公・侯・伯・子・男と五爵が設けられている。公、侯爵家ご当主は共に、閣下と呼ばれ敬われる。伯爵家もね。子爵の当家とは格が違う」

この資産家の仁礼家ですら格が違うと言い切るならば、相当の違いがあるのだろう。浅葱は意味もわからないまま頷き、さらに質問を続けた。

「どうして、そんな偉い伯爵家の人が、遊びに来てくれるの？」

屈託のない質問に、賛はまた溜息をついた。

「知り合い……、いや、友達というかね。槇原、どう説明したらいいかな」

賛は、めずらしく困り果てたように、傍に控える執事にとうとう助けを求めた。槇原はカップを差し出しながら、そっと耳打ちする。

「嘉世子様は、賛様のご婚約者でいらっしゃいます」

「婚約者って？」

すぐ傍でお絵かきや日記を書いていた上枝と下枝が、ぱっと顔を上げる。

「浅葱ちゃま、しらないの？　こんやくしゃって、みらいの、はなよめさまよ」

「こらっ。下枝、上枝。よけいなことを言うんじゃない」

賛が叱ると、双子たちは慌てて手元の帳面に顔を戻した。

四歳児二人の助言により婚約者が花嫁候補と理解できたが、どうして賛に婚約者がいるのか、そこが理解できなかった。

（結婚って、女の人がお嫁入りしてくる、……ことだよね？　賛が？　結婚？）

「あの、……賛は、結婚の約束をしているの？」

恐る恐る訊いてみると、賛はあっさりと頷いた。

「生まれたときからの許婚《いいなずけ》殿だ。祖父が勝手に婚約させたのだから、困った話だよ。嘉世子姫には迷惑な話だろう。華族には有りがちな話だけど、恋愛する間もなく、勝手に婚約者を決められてしまったんだから」

（結婚を約束した人が、賛にいるんだ……）

「で、でも、すごいね。伯爵家ご令嬢だなんて。きっと、綺麗なお嬢様なんでしょう。きちんと勉強を修めていて、すごく賢くて」

ぼくと違って、なにもかも兼ね備えた人なんでしょう。

そう卑屈な言葉を続けそうになった浅葱の言葉を遮るように、賛が口を開く。

「立てば芍薬《しゃくやく》、座れば牡丹《ぼたん》。……とは女性を褒める常套句《じょうとうく》だけど、嘉世子姫は地でそれを上回る。まぁ、とにかく美しい方だよ」

賛の言葉に、息がつまりそうになった。

自分から振った話なのに、どうして苦しくなるのか。いや。浅葱が賛に言ってほしかったのは、彼女に対する褒め言葉じゃない。

そんなことはないよ。

浅葱のほうが、ずっとずっと綺麗だよ。

男が男に対して言うには、かなり陳腐な言葉だ。そんな返事を心のどこかで、期待していた自分はおかしいと、浅葱は思った。

いや。賛美してもらいたいのではない。ただ、そんなお姫様より浅葱のほうが大事だと言ってもらいたい、子供じみた感情だ。

そんなわけないのに。

高貴なお姫様より浅葱のほうが大切なんて、あるわけないのに。

「さて。そういう訳で、私は嘉世子姫をお迎えする支度があるので失礼するよ」

浅葱の様子になにも気づいていないらしい賛は、早々に浅葱の部屋から出て行く。残されたのは四歳児ふたりと、呆然《ぼうぜん》としたままの浅葱だ。

（生まれたときからの許婚……。結婚する未来の相手）

足元が崩れて、奈落の底に墜《お》ちていきそうな不安が襲ってくる。賛には、将来を誓った女性がいる。身分貴く見目麗しい、きっとお優しい人だろう。

（当然だ。だって、仁礼家は立派なおうちだから、当主の賛はお嫁さんをもらわなくちゃいけないのだ。当然だけど、……どうして、こんな気持ちになるんだろう）

苛々したような、悲しいような、叫び出したいような、もどかしい気持ち。

どうして動揺するのだろう。自分は今、なにを考えていたのだろう。

説明のつかないこの気持ちに、答えがでることはなかった。

□□□

三時を過ぎると双子たちも、小間使いに連れられて部屋を出て行った。賑やかだった部屋の中が急に、しんと静かになる。

静寂が訪れると、考えなくていいことが頭に浮かんでは消える。

記憶を失う前、自分はどんな暮らしをしていたのだろう。

どうして仁礼家にいることが不安でなく、むしろ楽しいのだろう。

浅葱はこめかみを押さえ、かぶりを振る。考えたら駄目だ。考えたら、記憶が戻ってしまう。また以前の生活に舞い戻るなんて、絶対に嫌だ。

そこまで考えて、はっとしたように顔を上げた。

（記憶が戻るなんて絶対に嫌だって、……そう思ったのは、どうして）

自分の考えがわからない。どうして、元の生活に戻りたくないのだろう。

「へ、へんなの……」

浅葱は寝台から床へそっと足を下ろし、一人で立ち上がると壁際へとゆっくり移動した。そして大きな窓を開き、その窓枠に腰をかける。

眼下には見事な英国式庭園が広がり、大きな噴水が見える。この窓から見下ろす大きな中庭は、浅葱のお気に入りの光景だ。

そのとき正面玄関の方角から車のエンジン音や、ざわめきが聞こえた。この部屋から正門の様子は見られないが、別に構わないと思った。自分とは関わりがない人だからだ。

葉室伯爵家令嬢、嘉世子姫。きっと、美しく光り輝くような女性だろう。そんな人を見たら、自分なんか恥ずかしくて隠れるしかない。

そう。地中に蠢《うごめ》く虫が日の光を浴びた途端、すぐに地の中に逃げ込むのと同じだ。

しばらくの間、ざわめきが風に乗って聞こえてきたけれど、すぐに静寂が戻ってくる。浅葱は小さな溜息をついて窓枠にもたれた。

（きっと、贅にお似合いのお嬢さんで、……ぼくなんかと比べ物にならないぐらい、幸福に輝いている人だろう。……どうして、そんな人がいるのかな）

思っても仕方がないことが、どうしても脳裏を過ぎり身体を蝕《むしば》む。自分には、価値などないと思い知る残酷な瞬間。

『仕方がないね。不可抗力だもの』

不意に過ぎったのは、いつかの贅の言葉だ。

あのときは、まさか自分が、こんな感情に囚《とら》われてしまうと思いもしなかった。

ふと気づくと、なにか温かいものが浅葱の頰を伝っていく。涙だった。

「浅葱様、失礼いたします。お夕食をお持ちしました」

そのとき、軽いノックの音と共に、美東が扉を開けて頭を下げる。浅葱は慌てて目元の涙を手の甲で拭い、顔を上げた。美東は大きな銀のワゴンを押し部屋の中に入ってきたが、浅葱の姿を見た瞬間、こちらの方へと足早に近づく。

「浅葱様。もしかして、お加減が悪いのではありませんか」

「え？　ど、どうして」

「お元気がございません。顔色も真っ白ですし、目も少し、淀《よど》んでいるみたいです。体調がよろしくないなら、すぐにドクターを」

きりっとした顔つきになった美東に、浅葱は慌ててかぶりを振った。

「ううんっ。ぼく、元気だよ。ちょっと考え事していたから、それで下を向いていたから、だから元気がないって思ったんだね。美東は、あわてん坊だな」

そう言って笑っていても、その笑い声そのものに力がないのは誰が聞いても明らかだ。美東は、きつい表情を浮かべて浅葱を見据えた。

「浅葱様。嘘はおっしゃらないでください。どこか調子がお悪いのではありませんか」

「本当。本当の本当に大丈夫。ただ、ちょっと眠いかなーって」

「美東に嘘をおっしゃると、後で酷いですよ」

美東の言う「酷い」の意味はわからないが、なんとなく怖いので、うんうんと頷く。

「本当だよ。今日は昼から、ちびちゃんたちも部屋にいたし賛もずっといたから起きていたし、気疲れしちゃったのかもね。せっかくお夕飯を持ってきてくれたのに悪いけれど、ぼく、ちょっと寝てもいいかな」

いつもの浅葱らしくない我儘をどう思っているのか。美東は眉間に皺を寄せていたが、渋々といった顔で「わかりました」と頷いた。

「では、お夕飯はお下げしますが、夜中にお腹が空《す》いてしまったときは、必ず呼び鈴を鳴らしてくださいい。わたくし、ちゃんと配膳いたしますから」

「そんなことしないで。ぼく、一度でも寝たら、朝が来るまで絶対に起きないもん。どうしてもお腹へったら、ミルク飲むよ。それで大丈夫」

なんとか言い含めて、トレイに配されているミルクのカップだけ置いていってもらった。美東は何度も「ご遠慮なさらず、使用人は誰でもいいですから、お声をかけてくださいね」と言って、退出していった。

その後姿を見送り、扉が閉まった途端、小さく溜息をつく。

(こんなふうに優しくされることに、慣れちゃ駄目なんだよね)

先ほどは以前の生活に舞い戻るなんて、絶対に嫌だと思ったくせに。でも、現実的に考えたら、いつまでも仁礼家に仮住まいしているわけにもいかない。

記憶が戻らないにしても、打撲が治ったら、自分は仁礼家から出なくてはいけないんだ。

考えただけで、気持ちが暗くなってくる。この屋敷とも、双子たちとも、槇原とも美東とも、お別れしなくちゃいけない。

……もちろん、賛とも。

また涙が出そうになる。泣いちゃ駄目だとわかっているのに。でも、気づいたら頬を涙が伝ってしまう。情けなくて、着ていたシャツの袖で涙を拭った。

強くならなくちゃ。自分は近い未来、この屋敷を出て行くのだから。……だから、ひとりで生きていけるようにならなくちゃ。

そのとき、扉をノックする音がした。また美東だと、慌てて目元を手で擦《こす》る。さっきは誤魔化せたけれど、今度は泣いているのがバレてしまうだろう。

ゆっくりと扉が開き、薄暗い部屋の中に届く灯りに目を細めた。立っている人間の顔が見づらくて、何度も瞬きを繰り返す。

「美東？　どうしたの」

「いや、私だよ」

返事は美東のものではなく、賛の低い声だった。

3

賛だ。

嘉世子姫と一緒にいるはずの賛が、どうしてこんなところにいるのだろう。

賛は浅葱の驚きも意に介さず、そのまま室内に入り、扉を閉めた。

「失礼。浅葱が食事をとっていないと美東に聞いて、様子を見に来たんだ。どうした？　どこか痛むところがあるのか」

「な、なんでもない。お腹が空いてないから、ごはんは食べたくなくて」

「では、この涙の理由《わけ》は？　教えてくれるまで、私は退《ど》かないよ」

敏腕メイドは、浅葱の嘘などお見通しだったようだ。しかも涙を指摘されて、顔から火が出そうになる。事実、浅葱の顔は真っ赤になってしまった。

「言ってごらん。きみは、なにが哀《かな》しいの」

囁かれる言葉の甘さに、つい自分の立場を忘れてしまう。

「賛が……」

「うん、私が？」

「た、賛が、女の人と一緒にいるのが嫌なの」

「女の人？　もしかして、それは嘉世子姫のこと？」

そう言われて、こっくりと頷いた。賛は肩を竦めて、苦く笑う。

「それが今日のハンガーストライキの理由だとしたら、あまりにも子供じみているね。思春期の少女でもあるまいし」

「はんがー……？」

「絶食することで自分の望みや主張を、相手に訴える行為のことだ。そんなことより、嘉世子姫はこちらがご招待した、大切な客人だ。おひとりにする訳にはいかないだろう」

「だって……」

「当家も長年に亘《わた》り出資している、帝都紡績という会社がある。その設立者が葉室伯爵だ。そういう意味でも、嘉世子姫は大切な女性だ。なにより、これからの未来、紡績は日本にとって大きな産業となる。その葉室家と仕事だけでなく血の繋がりが持ちたいと、亡き祖父が思ったのも無理はない」

そういえば賛と嘉世子の婚約は、祖父同士の約束事だと言っていた。浅葱は思い出した。個人の付き合いではなく、家同士の婚姻なのだろう。

自分とは違う。そう思っただけで、ちくりと胸が痛む。

（そんな大きな会社を持つ伯爵令嬢だもの。自分と同一と考えたりしないけど、……けど）

同一などと考えたりしないが、それでもやはり、胸の中がモヤモヤする。

「……お客様がいる間も、賛は、ぼくと一緒に寝てくれるよね？」

小声で確認するように訊いたのは、本当はその答えを知っていたから。でも、これだけは譲れない。

他のものは、いらない。何もかも、どうでもいい。

ただ賛と身体を寄せ合って眠る安心と温もりだけは、誰にも渡したくない。

そう願いながら賛を見つめたが、願いは叶《かな》わなかった。

「さすがにそれは難しいね。淋《さび》しいと思う気持ちはわかるが、それぐらいは我慢しておくれ」

優しい声で言われたけれど、浅葱は心の底が冷たくなる。不思議な感覚だった。

「だって、だって、ひとりでなんか眠れない……」

「この家に来る以前は、ひとりで寝ていたはずだろう。ならば大丈夫だと思うよ。……いや、記憶を失って、夜が不安になったのかな」

「前のことは覚えていないから、わからないけど……。でも、淋しい」

浅葱が呟くと、賛は眉間に皺を寄せる。その表情は、怒っているようにも見えた。

自分は、厚かましいことを言ったのか、それとも、なにか気に障ることをしてしまったのか。

不安な気持ちになったけれど、言葉は止まらなかった。

「淋しい思いをさせてすまないが、彼女は私の婚約者だからね。家に招いておいて、ひとりで過ごさせる訳にはいかないだろう」

「じゃあ、夜も嘉世子さんと一緒に寝るの？」

「彼女は許婚だが、婚姻を果たしていない。同衾《どうきん》などもっての外だ」

「どうきん？」

「……性愛ゆえに褥《しとね》を共にすることを、同衾というんだ」

「ぼくとも、一緒に寝ているよね。それも同衾？」

「あれは、ただの添い寝だ。母親が赤ん坊と一緒に寝るのと同じだよ」

即答されて、なぜだか哀しくなってくる。ただの添い寝と、同衾の違いがわからない。でも、同衾のほうが大切にされているみたいな気がする。

なぜなら自分との添い寝には、「ただの」がつくからだ。

「じゃあ、ぼくも賛の許婚になりたい」

「なんだって？」

「許婚なら、一緒にいてくれるでしょう。賛と一緒にいたい」

そうだ。自分は賛といつも一緒にいたい。そのためなら、許婚でいい。恋人でもいい。

「莫迦《ばか》なことを」

子供の理屈で詰め寄られて、賛は苦笑を浮かべた。まるで理屈がわかっていないからだ。だが、浅葱はどうして笑われてしまうのか、それさえも理解できていなかった。

「意味もわからず許婚になりたいなんて、おかしいよ。きみは婚約の意味も、恋人の意味もわかっていないだろう」

「だって、ぼくは賛と一緒にいたい。いたいんだよ」

「……話にならないね。少し頭を冷やしなさい」

賛はそう言うと、部屋を出て行ってしまった。ひとり部屋に残された浅葱は、ただ呆然と閉じられた扉を見つめていた。

「賛に嫌われた」という言葉だけが、頭の中をグルグル回る。

(賛に呆れられた？　ううん、違う。……嫌われたんだ)

そう自覚した瞬間、背筋がざぁっと寒くなる。大切にしていたものが、目の前で砕けてしまったような焦燥感が襲ってきた。

「賛、……賛……っ」

目の前から立ち去った賛を追いかけようとして、扉のノブを握りしめる。だが、すぐに電流が流れたみたいに離れた。

自分が今まで、一度も部屋から出たことがないことを、ようやく思い出したからだ。

いつも槇原か美東、そして賛がなにをするにも手を貸してくれていた。だいぶ身体が回復して部屋の中はひとりでも歩けるくらいになったけど、大抵は誰かが一緒に支えてくれていた。それが浅葱の日常だったのだ。

過保護すぎる賛が、そう指示をしていたから仕方がない。だが、浅葱自身も、それがおかしいことだとは思わなかった。

子供ではない。いくら事故に遭遇して心身ともに傷ついているにしても、あまりにも過保護な待遇だった。

「……ぼくって、変なのかな」

賛に甘やかされるのは、気持ちがよかった。優しくされ、宝石のように大事にされるのは、浅葱にとって嬉しいことだったのだ。

むしろ、もっと甘やかされたい。もっともっと優しくされて、ぎゅって抱きしめてもらいたい。でも、こんなことを考えるのは、おかしい。

――――おかしいんだ。

勇気を出して、そっと扉を開け顔だけ廊下に出してみる。使用人の姿は見えない。

たしか贄の部屋は上の階だと言っていたっけ。

前にお屋敷のことを美束に説明されたのを思い出す。仁礼家のお屋敷は三階建になっていて、自分のいるこの客室は二階にあると言われた。廊下に出るとコの字型の回廊が見渡せ、手すりの先は、吹き抜けになっていて、中央の大きな階段の正面には、玄関ホールが続いている。

浅葱は廊下の壁伝いに身体を支えながら足を進め、三階へ上る階段を見つけた。

「上の階に贄がいるのかな……」

まだ完治していない足を引きずるように、手すりにつかまり、階段を上り終える。大きく息をつくと、三階の廊下を見わたした。

廊下には、いくつかの扉がある。どこが贄の部屋かは、当然のことながら見ただけではわからない。

どうしようと周りを見回していると、すぐ傍の扉が音を立てる。びっくりして見守っていると、中から青年が顔を出した。

真っ白いシャツの上に、格子柄のセーター。スラックスを穿《は》いた脚は、驚くほど長い。なにより切れ長の大きな瞳には知性ときらめきが見える。

「ああ失礼。扉がぶつかりましたか」

涼やかな声を持つ青年の美しい姿に、しばらく見とれてしまった。

「きみは、どうして寝巻きを着ているの？　ご病気なのかな」

そう言われて、自分の恰好が目に入る。槙原や美東が毎日ちゃんと着替えさせてくれるので、清潔ではあるが寝巻きを着ていたことに気づいた。

「え、ぇと、事故に遭って怪我をしているので、横になっていて……」

「事故に？　それはお気の毒に……。起きておられて、大丈夫なの？」

「はい。見苦しい恰好で、すみません」

優美な人の前で、こんな姿をしているのが恥ずかしい。思わず俯いてしまった浅葱に向かって、白い手が差し出される。

「きみは見苦しくなんかない。そのような考え方は、してはいけないよ」

毅然と言い放つと彼は、にっこり微笑んだ。

「紹介が遅れてしまった。ぼくは葉室水瀬《みなせ》。姉の嘉世子と共に、しばらく仁礼家に滞在するので、仲良くしてくださったら嬉しいな」

「葉室水瀬、様」

ようやく彼の正体がわかった。この人は賛の婚約者、嘉世子嬢の弟君だ。

彼の端整な美貌に、思わず目を奪われる。

弟の水瀬が、これだけ端整な顔立ちをしているのだ。賛の婚約者である嘉世子姫は、どんな美女なんだろう。浅葱は恥ずかしくて、思わず唇を噛《か》みしめた。

「水瀬、どうかしたの？」

そのとき。背後の扉から、もうひとりが顔を出してきた。浅葱がびっくりして振り向くと、そこには信じられないぐらい美しい女性が立っている。

「ああ、姉上。こちらの方と話をしていました。仁礼家のお客人です。ぼくが書室の扉を威勢よく開けてしまったので、ぶつかりそうになってしまって」

「まぁ。それは弟が失礼いたしました。お怪我はありませんか」

水瀬も端整な美貌の持ち主だが、姉上という女性は、更に美しい。顔立ちだけでなく、立ち居振る舞いや声までもが、うっとりとするようだ。なにもかもが光り輝き眩い。

並んで立っていると自分が恥ずかしくなり、浅葱は、つい俯いてしまった。

「きみの名前を、まだ伺っていなかった。よかったら、教えてください」

「あ……。ご、ごめんなさい。浅葱っていいます」

「浅葱？　美しいお名前ね。よろしければ、お苗字《みょうじ》も伺いたいわ」

「あ、あの……」

ごく当然の疑問。こんな氏素性が昭然《しょうぜん》たる人には、苗字がないなんて考えも及ばないのだろう。いや、そんな人間が存在するなんて、あり得ないのだ。

自分は、誰なんだ。

どうしてここにいるんだ。

意識の外に追いやっていた根本的な疑問が、浅葱の頭の中を渦巻く。パニックが起こりそうになり、唇を固く嚙みしめたまさにそのとき。

「水瀬ちゃまぁ！」

明るく華やかな声と共に双子たちが、とたとた走って、こちらにやってくる。

「下枝、上枝。廊下を走ってはいけないよ」

年長者らしく双子を諫《いさ》めている水瀬は、この状況に慣れているらしい。家族ぐるみの、長い付き合いゆえだろう。

「だって水瀬ちゃまが、いなくなっちゃうから。嘉世子さまと、しょしつに、いたのね」

「うん。仁礼のお宅は、美術書がとても充実しているからね。槇原に頼んで、見せてもらっていたんだ。先代のご趣味は、本当に素晴らしい」

中の事情にも熟知しているらしい。この言葉だけで、姉弟が仁礼と親交があるとわかる。

(ぼくとは、違う)

氏も素性も、もちろん容姿も、そして幼き頃から仁礼家と慣れ親しんでいることも。なにもかもが違いすぎた。

浅葱は、みっともなく振袖を着ていただけの男。しかも今は記憶さえない。拾われて、同情されて屋敷に置いてもらっている自分とは違いすぎる。きっと嘉世子という女性も、素晴らしい人なんだろう。

双子たちと話をしている水瀬を見つめていると、哀しい気持ちばかりが募った。

「浅葱、ここにいたのか」

背後からかけられた突然の声に、ハッと振り返る。立っていたのは、賛だった。

「賛、どうして……？」

「言いすぎたと心配になって部屋に戻ってみたら、蛻《もぬけ》の殻だ。慌てて屋敷の中を捜し回っていたら水瀬と嘉世子姫、それに妹たちと、きみがいる。これは、どういう理由《わけ》だろう。いつ、きみたちは仲良くなったのかな」

「あ、あの」

言い訳できない状況に口籠《ご》もっていると、「賛」と、凛とした声が響く。水瀬だ。

「浅葱を責めないで。ぼくが話し相手をしてほしいと、お願いしたのだから」

「話し相手？　どういうことかな」

「書室と間違えて、浅葱の部屋に入ってしまった。そこにいた浅葱に書室の場所を訊いたら、一緒に来てくれるというので案内を頼んだ。そうしたら、とても優しい人で、一目で好感を持ったから話し相手をお願いしたんだ。叱るならぼくを」

「嘘だね」

その白々しい話を聞いて、賛は眉間に皺を寄せる。

「浅葱は怪我をして、当家で療養している。ひとりで屋敷内を出歩いたことはない。書室など、存在すら知らない。案内するなど不可能だ」

「あ、なるほど」

悪びれた様子もなく感心している水瀬に、賛は溜息をついた。

「別に私は、きみたちが親交を深めることも、そこに上枝と下枝が乱入していることも、正直、どうでもいい。ただ、浅葱はまだ療養中の身。寒い廊下を薄着でフラフラするなど、もっての外。では浅葱、寝室から出てきた理由を聞こうか」

いつにない鋭い眼差《まなざ》しに、言葉も出ない。本当に怒っているのが、わかるからだ。

「ご、ごめんなさ……」

「賛。あなたの言い方は、とても怖い。浅葱が可哀想だ」

そのとき、賛と浅葱の間に水瀬が割って入る。賛は気を悪くした様子もない。

「……水瀬。きみの意見は、後ほど伺おう」

「後ほどでなく、今、聞いてほしい。萎縮させることが目的でないなら、そんなふうに相手を追いつめる言い方は、やめようよ」

水瀬はそう言うと浅葱の手を取り、「部屋に戻ろう」と歩き出してしまった。突然手を引っ張られた浅葱は、傍らに立つ賛を縋《すが》るように見る。

すると次の瞬間、賛は水瀬に引っ張られているのと反対の浅葱の腕を、引っ張った。

その抵抗に気づいた水瀬が、表情を変えない美しい顔で賛を見る。

「賛、なんのつもりだ」

「私と浅葱の問題なので、話し合う必要がある。そして、その話し合いの場にきみは無関係だ。遠慮願いたい」

つけつけとした物言いに、さすがの水瀬も鼻白んだ様子を隠せない。

「浅葱を責めないと誓う？」

「私の亡き両親の名にかけて誓おう」

「おじ様とおば様の名を出されたら仕方がない。引くよ」

水瀬はあっさり言うと、浅葱の手を放した。横にいた嘉世子が、賛に摑まれている浅葱の腕を、じっと見つめているのを感じる。とても居心地の悪い視線だ。

「賛に意地悪をされたら、ぼくの所においで。三階の客室にいるから」

囁くように言うと、呆然と成り行きを見守っている双子たちを連れて、先ほど出てきた書室へと戻っていく。

「では浅葱。私たちも、部屋に戻ろう。嘉世子姫、申し訳ありませんが、もうしばらく書室にいらしてください」

賛はそう言うと、浅葱の肩を抱き部屋へと戻る。浅葱は展開がわからずに、不安な気持ちで一杯だった。

4

結局、賛と二人で浅葱の部屋に戻ってきてしまった。扉が閉まる音を聞いて安心するような、絶望に陥るような気持ちになる。

自分は、なにを勘違いしていたのだろう。

お情けで拾ってもらった死に損ない。それが自分だ。

でも、丁寧に治療してもらい、おいしい食事と暖かな寝床を提供されて、安心してしまった。優しくされて浮かれて、のぼせ上がっていた。

自分は、ただの居候。とてもじゃないが、賛にとって必要な人間じゃない。むしろ、自分の運転手に事故を引き起こさせた、疫病神みたいなものだ。

(どうして、こんな惨めで滑稽な人間がいるのに、水瀬や嘉世子姫みたいな人もいるんだろう。これって、不公平だよね)

そこまで考えて、違うと気づく。

（……ううん。不公平とかじゃないし。人はそれぞれ与えられた運命が違う。皆が同じだなんて、ありえない）

唇をきゅっと噛み、目を瞑《つむ》る。痛みに耐えているような表情になったことを、浅葱はわかっていなかった。

（ぼくも、嘉世子姫と同じ運命がよかったな。お姫様に生まれて、皆に大事にされて。綺麗で優しくて、なんでも持っていて、賛みたいな婚約者がいて）

いつの間にかこみ上げてきた涙で、視界が滲む。瞬きをすると、涙が零《こぼ》れた。

（賛の婚約者として生まれて、誰からも祝福されて。……ぼくみたいに、賛に呆れられたりしなくて、いつも大事にしてもらっていて）

そこまで考えて、あまりに自分が惨めで、またしても涙が零れた。

恵まれた人を羨んで、いったいどうなるというのか。余計に惨めな気持ちになるだけなのは、わかっている。――――でも、それでも。

（ぼくは、嘉世子姫になりたいんだ）

願えば願うほど、惨めになる。どうやっても叶うはずのない、醜い欲望。人のものを欲しがるのと、なんら変わらない幼稚さ。

恥ずかしいと思った。消えてなくなりたいと思った。

とてつもない不安と恐怖に苛《さいな》まれ、震えが走る。そのとき部屋に入ってから、ずっと背を向けていた賛が振り返り、驚いた顔で浅葱を見た。

「なにを泣いているんだ」

賛はそう言いながら、浅葱の涙をぬぐってくれる。その手は、とても温かい。

「さっき、我儘を言ったから、賛は怒っていると思って」

しゃくりあげないように注意しながら言うと、賛は困った顔をする。

「呆れたけれど、そうも素直に泣かれてしまうと、どう対処したらいいか、返答に困るね。怒ってはいないよ。……だが、混乱はしている」

「混乱って？」

「嘉世子姫や水瀬と一緒にいるのに、きみのことばかり考えているから」

賛はそう言うと、浅葱の肩を引き寄せた。そして、そっと額にくちづける。

「先ほど私は、きみに酷いことを言って部屋を出た。実に大人気ない行為だ。紳士たる者の行いではない。すまなかった」

「ううん……。賛が怒っていないなら、それでいいの」

浅葱の言葉をどう思ったのか、抱きしめる手の力が強くなる。ちょっと苦しいぐらいだ。だが、それは、とても心地のいい苦しさだった。

「私はきみの部屋から出て自分の部屋に戻るまで、ずっと混乱していた。いや、今も同じくだ。どうして私は、あんな思いやりのないことが言えたんだろう」

どこか苦しそうに言う賛は、浅葱の髪に唇を埋《うず》めた。それは親愛の抱擁というには、あまりにも情熱深い。浅葱はその熱を幸福に感じながら、瞼を閉じる。

頭の芯が痺《しび》れたみたいに痛む。今の幸福は、かりそめのものなのに。いつまでも、この幸せが続けばいいと思う。でも、どんなにそう願っても無理な話だ。

事故から二週間も過ぎ、まだ覚束ないところもあるけど、身体は順調に回復している。

だからもう、仁礼家から出られるように準備しなくてはいけない。過去の記憶は戻らないままだけど、生きていくのに不自由はない。

いや。心の底の深いところで、記憶が戻るのは怖いと思う自分がいる。

戻りたくない。そう、――――戻りたくないのだ。

男のくせに煌《きら》びやかな振袖を身にまとい、雨の中を彷徨《さまよ》っていたなんて、奇妙すぎる。訳ありにしか思えない。そんな歪《ゆが》んだ過去に戻りたくない。

(違う、……違う。本当は、そうじゃなくて)

抱きしめてくる賛の服を、きゅっと握りしめた。温かい。

あの雨の日、泥に濡れるのも構わず自分を抱き上げ、病院に着くまで抱きしめてくれていた人の、仄《ほの》かな温もり。

贇と離ればなれになりたくない。

この人に触れられないところに、もう帰りたくないのだ。

でも……。

「我儘言って、ごめんなさい。ぼくは本当なら、もう出て行かないといけないのに」

浅葱は、抱きしめてくれる贇の背中にそっと手を回す。

「何を言っているんだ。この部屋をひとりで出るのだって、やっとだったのに」

贇は体を離して目線を合わせると、浅葱に言い聞かせるように続けた。

「多少、身体はよくなったようだけど、まだこの家を出るには早い。……着物だって、まだ洗い張りから戻ってきていないだろう」

取ってつけたような言い訳に、浅葱の口元が微笑みに綻んだ。

「……うん」

そう。嘘が本当に。偽物は本物に。

（そうなればいい。……本当にそうなれば）

□□□

浅葱はサンルームで日向《ひなた》ぼっこがてら、双子たちが描く絵のモデルをさせられていた。軽い気持ちで引き受けたモデルだが、すぐに後悔する羽目に陥る。

「浅葱ちゃま、うごいちゃダメ！」

「その寝巻きじゃダメ！　下枝のドレス、かしたげる！」

きゃあきゃあと賑やかな少女たちは、手と一緒に口も動く。それに対して浅葱は内心では困っていたが、顔はにこにことしながら相手をしてやっていた。

「下枝ちゃんのドレスは、ちょっと小さいかなぁ。上枝ちゃん、ぼく、そろそろ疲れちゃったから動きたいなぁ」

どのような理不尽な要求を突きつけられても、笑顔で対応する浅葱に、傍にいた美東が同情の眼差しを寄せたほどだ。

「あっ、おにいさま！」

そろそろ本当にモデルポーズから解放されたいと思っていた浅葱が顔を上げると、硝子《ガラス》を嵌《は》め込んだ瀟洒な扉を開いて、賛が入ってくる。嘉世子の肩に、そっと手を当てている姿は、双子たちに押しつけられて読んだ西洋の童話の挿絵みたいだ。そんな二人は、葉陰に設置された椅子に座る浅葱に気づかぬようだった。

「おにいさま、嘉世子さま。ごきげんよう」

上枝と下枝は立ち上がり、二人の傍へと駆け寄った。行儀よく挨拶するのに、賛が「ごきげんよう」と返す。同じく隣にいた嘉世子が、にっこり微笑み会釈する。

「下枝さん上枝さん。ごきげんよう。今日も、とてもかわいらしいお洋服をお召しね。すてきだわ。賛さん、ご自慢の妹君たちね」

嘉世子の優雅で優しい言葉に、双子たちは真っ赤だ。賛はそんな様子に苦笑している。

「雀たちが黙ったね。嘉世子姫の神通力はすごい」

「賛さん。意地悪をおっしゃっては、いけないわ。下枝さんも上枝さんも、とてもいい子たち。わたくし、お二人が大好き」

賛はその言葉に感謝の気持ちを抱いたのか、嘉世子の手を取り、その甲にくちづける。突然の行動に双子たちは真っ赤になっているが、当の嘉世子は微笑むばかりだ。

「あら、浅葱さん。ごきげんよう」

声をかけられて、きゅっと身体が縮まった。今の一幕を見ていたと知られてしまった。

「浅葱、そこにいたのか。陰になっていて、いるのが見えなかった」

賛はそう言いながら近づき、浅葱の姿を隠す葉をよける。陰に隠れるように座っていた浅葱を、迎え入れるために。

「うん。声をかけそびれちゃった。……二人は、どこかに行くの？」

贄と嘉世子は共に美しい洋装に、身を包んでいた。嘉世子の着ているレースで仕立てたワンピースも素晴らしいが、贄の身を包むスーツの美しさは群を抜いている。

絹に似た光沢の、上等の布地の上を走る見事な縫い目。なにより贄の美しい身体を際立たせる、芸術品のような仕立て。

思わず見とれてしまう眩《まぶ》しさだった。

「前田《まえだ》男爵にお誘いいただいてね。これから音楽会に行ってくる」

贄の言葉を聞いていた双子たちは、「えぇーっ」と声を揃えた。

「おにいさま、ずるい！　上枝もいきたい！」

「下枝もいく！　いっしょにバイオリンききたい！」

先ほど贄が「雀たち」と言ったが双子の抗議は、まさしく雀の囀りのようだ。そんな状況でも、贄の態度は変わらない。

「お前たち。お兄様に『ずるい』は、やめなさい。女の子は、そんな言葉を遣ってはいけないよ。人を妬んだりするのは、はしたない」

「あら。一緒に行くのは、いいと思いますよ。上枝さんも下枝さんも良い子ですし」

嘉世子が助け舟を出してやるが、贄はつれなく顔を横に振る。

「駄目です。今日は、私たちのデートですから」

「おにいさま、デェトってなぁに?」

「デートとは好き合った男女が約束して、日時を定めて出かけること。つまりは逢引《あいびき》だ」

賛の『逢引』という言葉を聞いた瞬間。双子たちは顔を真っ赤にして、二人して手を繋ぎ合い、ぴょんぴょん飛び跳ねる。

「上枝ちゃん、きいた? きいた? おにいさま、あいびき!」

「下枝ちゃん、すっごいね、すっごいね! あいびき、あいびき!」

賛と嘉世子がその様子を微笑ましく見ているのに反して、浅葱は顔から表情がなくなっていくのを感じた。

(逢引。デート、逢引。……デート)

二人は婚約者同士なのだから、逢引など当然だ。むしろ、こんなふうに家族に打ち明けるのだから、健全極まりない。もちろん、浅葱がどうこう言う立場でもない。

(婚約しているのだから、逢引は普通。……ふつうだよ)

心の中では当たり前だと思っていた二人の逢引が、なぜか変に胸に響く。苦しいような、淋しいような、そんな気持ち。

これは冬の夜に、止まらない咳《せき》で苦しんだときに似た痛みだと思った。

誰かに頼りたくて頼れなくて、一人で毛布に包《くる》まって耐えた痛みに似ているのだ。

浅葱が、あるはずのない記憶の痛みに耐えて俯いたのと、サンルームの扉が開いたのは同時だった。

「ハーイ、仔猫ちゃんたち！　ご機嫌いかがかな」

華やかな声と同時に登場したのは、水瀬だ。彼はどういうわけか燕尾《えんび》服に身を包み、手には大きな花束を持っている。とたんに双子たちから歓声が上がった。

「水瀬ちゃまぁ！」

「ぼくたちはサンルームで、ティーパーティだよ。おいしいケーキやお菓子を用意してあるからね。賛と姉さまは音楽会でしょう。そちらも楽しんできて」

水瀬は鮮やかに、双子たちの気持ちを惹《ひ》きつけてしまった。兄と嘉世子が出かけるとなれば、一緒に行きたいとゴネるのを見越した、賛の計画だ。

「今日は水瀬が、お前たちの相手をしてくれるそうだ。よかったね」

「そうそう。食えない賛と姉上は放っておいて、ぼくたちだけで楽しもう。ね、浅葱」

いきなり話を振られ、きょとんとしてしまったが、すぐに頷いた。いつまでも賛を思って悲しんでいても、なにも進展しないからだ。

そして賛と嘉世子が出かけていくのを、浅葱は見送らなかった。サンルームで椅子に座り込み、ただ俯いていただけだ。

ほかに、なにもできない。ただ座っているだけの人形と同じ。

悲しむのは間違っている。自分の立場を弁《わきま》えるべきなのも理解している。でも胸の奥は、しんしんと痛む。

心の深いところが締められるみたい。そう。やるせなくて仕方なかったのだ。

□□□

「さて。賛も姉上も出かけられたし、ぼくたちは気楽にやりましょう」

水瀬がそう言って、手にしたフルートグラスを高く上げる。

ティーパーティだと言ったのは彼自身なのに、手にしているグラスにはシャンパンが入っている。実にいいかげんだった。

ティーパーティをすると言われて、上枝も下枝も可愛らしいレースのブラウスとフリルのスカートで装っている。

「うれしい！　下枝、フロマージュだいすき！」

「上枝も、アップルパイだいすき！」

レースで彩られたテーブルの上には甘い香りを放つ、たくさんの焼き菓子。胡瓜《きゅうり》が挟まれた薄いサンドイッチ。新鮮なクリームで作られた氷菓子《アイスクリーム》。それに芳しい香気を放つ紅茶。

とまどう浅葱の気持ちとは裏腹に少女たちは、はしゃいでいた。こんな甘いものが載せられたテーブルを前にしたら、少女は誰もが饒舌《じょうぜつ》になる。

「浅葱もどうぞ、召し上がって」

「は、はい。いただきます」

浅葱は言われるままアップルパイを口に運ぶと、今まで一度として味わったことがない美味が口腔《こうこう》に広がった。

「おいしい……っ」

「お口に合ってよかった。たまには、こういうお茶会もいいでしょう」

甘く煮た林檎の甘酸っぱさ。レーズンの甘み。口に入れた瞬間に広がる、桂皮《シナモン》のオリエンタルな芳香。さくさくしたパイの食感と牛酪《バター》の味わい。

どれもこれも、初めて味わう美味だった。

勿体《もったい》ないので少しずつ食べていると、槇原がお茶を淹《い》れてくれる。

「水瀬様。本日もお気遣い戴《いただ》きまして、ありがとうございます」

「槇原ったら改まって、どうしたの？」

「上枝様、下枝様が、こんなにお喜びになるのは、久し振りでございます」

なんの話だろうと首を傾げていると、水瀬が笑みを浮かべながら説明してくれる。

「仁礼家は女主人が不在だから、淋しいところがある。たとえば、このような茶席とかね。賛はよくやっているが、少女の気持ちまではわからない。だから女心に長《た》けたぼくが、菓子の職人を連れてお茶会を開いてあげる。適材適所だね」

「女主人が不在って、どういうことですか」

浅葱が訊ねると水瀬は少し眉を寄せ、それでも話をしてくれる。

「仁礼家のご当主であった賛の父上は、半年前に事故で亡くなられた。女主人である奥様も一緒に。……賛は、やりきれなかったろう」

ようやく賛が、あの若さで子爵家の主人として振舞っている理由がわかった。だが、まさかそんなに悲惨な話だったとは、浅葱の想像を遥《はる》かに超えている。

この幸福に満ちた屋敷の中に、そんな悲劇と慟哭《どうこく》が押し隠されていたなんて。

「そんなことが……」

「ぼくは賛の婚約者の弟だが、幼馴染でもあり親友でもある。兄弟みたいなものなんだよ」

そう言われて、浅葱には言葉もない。

賛と水瀬の間に深い絆《きずな》がある。それは深い心の結びつきだ。そう考えると、浅葱は言い知れない疎外感に包まれてしまう。

そのとき突然サンルームの扉が開き、賛が顔を出した。予想もしていなかった出現に、全員が目を見開いて賛を見た。

「賛、帝劇で音楽会は、もう終わったの？　姉上はどちらに」

「嘉世子姫は気分が優れないと言って、部屋に戻られた。それも当然だが」

「姉上の気分が優れなくて当然？　どういう意味だろう」

賛はどこか苛ついた表情で、胸ポケットから煙草《たばこ》を出して咥《くわ》えると水瀬がマッチを擦り、煙草の先に火をつけてやった。すぐ部屋の中に、紫煙が燻《くゆ》る。

「前田男爵に招待券をいただいて嘉世子姫と一緒に音楽会に行ったら、男爵とご令嬢が待ち受けていた。見合いの席を仕組まれていたんだ。婦人同伴だから男爵も驚いただろうが、こちらは驚いたどころの騒ぎではない」

驚くような話だったが、水瀬はまったく動じていない。

「ああ。前田男爵には、お嬢様が三人もいらっしゃるから大変だろう。どなたも見目麗しい方々だ。目の保養と思って、一緒に楽しめばよかったのに」

「莫迦なことを。私には嘉世子姫がいるんだぞ。そんな不埒な行為はできない」

賛の言葉が、胸に突き刺さる。意味のわからない痛みに、浅葱は目を伏せた。

（なんで、胸が痛いのかな。賛と嘉世子姫が結婚するのは、もうわかっているのに）

浅葱の心が痛いのは、賛と嘉世子姫の深い信頼関係を垣間見《かいま》たからだ。

お互いを思い合っているから、他の女性との見合いの話を聞いて不快な気持ちが生まれる。他の女性と同席することさえも、『不埒な行為』と言いきれるぐらい、相手に対して敬意を払っているのだ。とても大切にしている相手だから。

二人が結婚したら、きっと素敵な家庭を築くだろう。

どちらも思いやり深く、とても優しい。上枝も下枝も、安心して暮らしていける、そんな家庭が築けるはずだ。やがて、二人の間に新しい命が授かる。新たな生命は、両親を亡くして沈んでいる賛の心を、柔らかく包んでくれる。

……どこをどう見ても、浅葱の居場所なんかない。

自分は、ここにいるべき人間じゃない。

何度も反芻《はんすう》した思いが、また胸を苦しめる。こんな気持ちになるのは、もう嫌だった。

「そういえば先日の夜会で、久し振りに近衛《このえ》公爵にお会いした」

「近衛雅映《まさてる》公爵閣下か。閣下が夜会に出られるとは珍しいね」

物思いに耽《ふけ》りそうになった浅葱の意識が、水瀬のひと言で現実に戻る。

（今、雅映公爵って聞こえたけど、……どうして急に、耳に入ってきたんだろう）

賛も水瀬も、ただの世間話として会話を続けている。だけど、浅葱だけは神妙な顔つきで黙り込んでしまった。

「ぼくも久し振りにお会いしたので、ご挨拶をしようとしたら、公爵のご様子は少し変だった。いや、ご様子はいつもと同じだったが、どこか心ここにあらずというか、……そう、深く気落ちされているような感じだった」

「気落ち？　あの方は公の場で、感情の機微を露《あらわ》にするようなことはないだろう。常に冷静沈着な方だとお見受けするが」

「お話を伺ってみたら、大切にしていた蝶を逃がしてしまったそうだ。手を尽くして捜してはいるが、一体どこに消えたのか、皆目わからない、と言っていたよ」

「蝶と？　また風雅なご趣味だ」

「うん……、風雅な方ではあるけど、蝶というのは暗喩じゃないかな。本当は違うことをおっしゃっていた気がする。……失ったのは、恋人だと思うんだけど」

黙って話を聞いていた浅葱は、震える手を抑えるのに必死だった。

どうして震えるのだろう。知らない人の話なのに。

なぜ自分は、胸の鼓動が速くなっているのだろう。

まるで走っているみたい。雨の中、振袖で自由にならない身体を引きずりながら……。

普通ではない浅葱の様子に気づいたのは賛ではなく、傍に座っていた双子たちだ。上枝と下枝は持っていたフォークを置くと、椅子を下りて浅葱の傍に、ぴったりと寄り添う。

「浅葱ちゃま、おかおが、あおいの」

「浅葱ちゃま、おねつなの？」

小さな声で訊ねてくる双子の声で、浅葱はようやく顔を上げた。真っ青な顔をしているのに、汗は額から頬を濡らし、そして顎から滑り落ちる。その尋常でない様子に、話し込んでいた賛と水瀬がようやく気づいて席を立つ。

「下枝。槇原を呼んで、すぐにドクターに往診を頼むんだ。ちゃんと言えるか？」

「はい！」

いつも傍に控えている執事が、厨房《ちゅうぼう》に行っているのか離席していた。賛は、まず執事を呼び戻すように下枝に言いつける。

「上枝、お前は美東を呼んで、すぐに浅葱を寝かせてやれるよう、寝台を整えて欲しいと頼んでくるんだ」

「わかりました！」

深窓の令嬢とは思えぬ素早さで、上枝も下枝もサンルームをぱたぱた走り出た。残った水瀬は、浅葱をサンルームの中央に設《しつら》えてある長椅子へと促す。

「賛、浅葱を長椅子に寝かそう。手伝ってくれ」

「わかった。浅葱、ちょっと失礼」

賛はそう言うと浅葱の身体を抱き上げ、長椅子に寝かしつけてしまった。

「浅葱、どこか苦しいところはない？」

優しい声で問われて、浅葱は瞬きを何度も繰り返す。自分は一体、どうしてしまったのか。

「う、ううん……。ごめんなさい、ぼく、どこも悪くないのに。せっかくのお茶会だったのに、皆の邪魔をしちゃって……」

「大丈夫。誰も邪魔だなんて思ってないよ。今日は、朝から服に着替えていたから、苦しくなったのかもしれない。ちょっと緩めていい？」

水瀬は返事も聞かないうちに浅葱の襟元を緩め、ウェストまで手を伸ばそうとした。さすがに浅葱も真っ赤になり身を捩《よじ》った。それに気づいた賛が苦笑する。

「水瀬、いくら緊急時でも浅葱が驚いて、声も出ないようだ。私がやろう」

言われてやっと、浅葱の顔色に気づいた水瀬は、「ああ」と間の抜けた声を出す。

「浅葱、すまない。ぼくはレディの気持ちはよくわかるけど、男の子のことは無頓着だったよ。失礼した」

生真面目に答える水瀬が可笑しくて、こんな状態なのに笑いたくなる。そんな浅葱を見ても気を悪くした様子もなく水瀬は微笑み、長椅子から立ち上がった。そして賛に席を譲る。賛は長椅子に寝そべる浅葱の隣に座ると、乱れた髪を撫でてやった。

「先ほどより呼吸が落ち着いてきたし、顔色も少し紅色が戻ってきた。大丈夫だ」

その言葉を聞いて、浅葱は不思議な感覚に見舞われる。

……いつかも、同じようなことがなかっただろうか。

こんなふうに間近にいた賛に囁かれて、「大丈夫だ」と言ってもらったことがある。

『きみは助かる。絶対に助かる。いや、助けてみせる』

あれは、いつだったろう。仁礼家の屋敷に来る前？　いや、……いや違う。屋敷に来た晩も賛は一緒に寝てくれた。でも、その前に抱きしめられた記憶が残っている。

そうこうしているうちに、槇原がサンルームの扉を開いた。

「遅くなりまして、申し訳ございません。ご主人様、いかがなさいましたか」

「ああ、すまない。浅葱の調子が急に悪くなったんだ。いきなり冷や汗をかき、真っ青になってしまった。ドクターを呼ぶように下枝に伝言したのだが」

「はい。承っております。すぐに小間使いを使いにやりました」

浅葱が視線を移すと、下枝と上枝がサンルームの隅に立ち、心配そうに浅葱を見つめているのがわかった。その瞬間、涙が零れた。

情けない。

こんな小さな子供たちでさえ、緊急を察して咄嗟《とっさ》に動くことができる。人の役に立つことができるのに。それなのに自分は、他人に迷惑をかけてばかり。

なにもできないで、ただこうしてお飾りの人形のように座っているだけ。

そうだ、あの屋敷にいたときも、木偶《でく》の人形だった。ただ着飾って愛玩され、あげく裏切られて、玩具のように扱われて。

そこまで考えて目を瞬く。

あの屋敷。木偶の人形。ただ着飾り愛玩されて、あげく裏切られて……、とは、一体なんの話だろう。

自分はなにを思い出そうとしているのだ。

悲しくて悔しくて虚《むな》しくて、訳がわからない感情に引きずられ涙が出そうになった瞬間。

「浅葱ちゃま。どこか、いたいの？」

「かわいそう。浅葱ちゃま。なかないで」

柔らかな感触が頬に触れる。気がつくと、双子たちが揃って傍に立ち、代わる代わるに浅葱に触れていたのだ。

「だ、大丈夫。ぼくこそ、みっともなくてゴメンね」

そう答えると、双子たちは口を真一文字にして、「んーん」とかぶりを振る。

「浅葱ちゃまは、みっともなくなんかないもん」

「え？」

その答えにびっくりしていると、賛も浅葱の乱れた髪を撫で、「そのとおりだ」と頷く。

「きみは今、弱っている。完治するまで時間がかかるかもしれないが、それは、みっともないことじゃない。治らない病気だとしても同じ。この家のものは誰ひとりとして、病気のきみを蔑まない」

賛は浅葱の腕をさする。大きくて、温かい掌だ。いつまでも、ずっと触れていたい温もりだと思った。

「槙原、ドクターはまだか」

「はい。車で迎えに行かせましたので、そんなに時間はかからないと思います」

「そうか。では、このままここで診察をしてもらおう。無理に部屋まで運ぶと余計に気分が悪くなってしまうかもしれない」

執事と話をしている賛の服を、つっと引っ張った。

「どうした、浅葱」

「あの、あのね。賛はぼくに、『きみは助かる。絶対に助かる。助けてみせる』って言ったこ

とあるかなって……」

　そう言うと賛は首を傾げたが、すぐに「ああ、あれか」と呟く。

「きみを撥ねてしまったときに、言ったな。病院に向かう、車の中だ。あんな修羅場で言った些細《ささい》なことを、よく覚えていたな」

　頭が、ぐるぐる回るみたいになる。

　車の中。誰かの泣き声。誰かの叱責する声。

　ぐんぐん速度を増す車体。人も街並みも、あっと今に彼方《かなた》に消える、不思議な光景。

「……もしかして、ぼく、賛の服に吐いちゃった?」

「いや、気にしなくていい。あんな大変なときだったんだ。むしろ、ちゃんと吐き出してくれて助かった。喉に吐瀉物が詰まったら、大変なことになるからね」

　さらりと言われて、呆然としてしまった。

　洒落者の賛が外出時に着る服だ。安物の訳がない。現に彼がいつも着ている服の上等なことといったら。手触りが極上の布。美しい釦《ボタン》。縫い目のひとつひとつが、芸術品のような服は、きっと想像もつかない金額だろう。

　その服に嘔吐した自分を責めるでもなく、だからと言って誇るでもなく。ただ淡々と、『吐き出してくれて助かった』と言うなんて。

「だが、事故のときのことを訊くなんて、以前の記憶が少しずつ戻ってきているのかな？」

嬉しそうな賛の声で、我に返る。そうだ。自分は事故から目が覚めてからの記憶しかないはずなのに、どうして事故のときのことを覚えていたのだろう。これは、記憶が戻るということか。いや、その前兆なのか。

「浅葱、どうしたんだ」

優しい声に問いかけられ、慌てて身体に掛けてもらった毛布を、ぎゅっと握りしめる。

「う、ううん。服を汚しちゃって、ごめんなさい」

服ヲ汚シチャッテ、ゴメンナサイ、
自分の言葉が、空回りしたみたいに響く。なんだか気持ちが悪い。身体でなく、脳が締めつけられているみたいだ。

「ドクターがおいでになりました」

槙原の声と共に、医師が入室してくる。それからはバタバタしていたので、もう考えることはできなかった。

5

自分が何者なのか。考えれば考えるほど、頭痛が酷くなる。

銀座の真ん中で振袖を着て、雨の中、車道の真ん中を歩いていた自分。どう考えても、正気の沙汰じゃない。

着ていた振袖は浅葱が見ることはなく洗い張りに出されてしまったけれど、それは見事な振袖だと皆が言う。

警察に事情を説明して、身元不明の浅葱を仁礼家で預かるという届けも出している。警察に行方不明者の届け出があったときに、浅葱と似た人相であれば連絡をもらうためだ。

しかし数週間経った今でも、該当する連絡はない。要は、いなくなっても誰も心配しないし、不都合と思う人間はいないということだ。

(そうだ。誰にも必要とされていない人間なんだから、ひとりで生きていけるようにならなくちゃ。まずは早く普通に歩けるようにならなくちゃ)

事故で脚の骨にヒビが入ってしまったので、一週間は寝たり起きたりの生活だったし、部屋の中から出ることも、ほとんどない。

皆が庇《かば》ってくれるのはわかるけど、ひとりで生きていくためには、歩かなくちゃならない。そうでないと、仕事もできない。

浅葱は寝巻きの上にカーディガンを羽織ると、扉を開けてみる。

部屋から出ることを禁止されているわけじゃないが、いつも賛か美東か、それに槇原が心配するので、なんとなく出歩けない雰囲気になってはいた。

「よし、大丈夫」

それに、先日ひとりで三階まで行ったときに、賛に心配をかけてしまったこともあって、なるべく勝手に部屋から出ないことが習慣化していた。

歩き始めると、やはりまだ傷が痛む。幸い廊下は大きな階段を囲むようにして造られているから、歩く練習をするのに適していた。

「部屋から出て、まだたいして歩いていないのに、息が上がっちゃうなんて……」

痛む足を庇いながら、ゆっくり進む。途端に額に汗が滲む。

「うん、突き当たりの壁まで歩くのを、毎日の習慣にしよう」

浅葱が使っていた客室を出て、四十歩ぐらいで突き当たり。この壁に到着するだけでも浅葱にすると、結構な運動量だった。そういえば、診察してくれた医師が注意してくれた言葉を、ようやく思い出す。

『毎日、少しずつでいいから動きなさい。人間の筋肉というものは、動かなければ収縮する。若い者でもそうだ。身体中が痛くてつらいと思うが動かしなさい。それができないようなら、脚や身体をよく揉みなさい。血液が循環するのを助けるんだ』

それを聞いた賛は過保護さを発揮して、毎日、屋敷に揉み療治を呼ぶように手配した。動く練習をすると言っても、『無理をしちゃいけないよ』の一点張りだ。ありがたいと思うけれど、同時にちょっと鬱陶しくもある。

その鬱陶しさは、親に構われて甘やかされた子供の我儘と同じだ。面映ゆいような、窮屈な、それでいて、ないと不安に思う庇護《ひご》。

でも家族のように大事にされているというのは、幻影だ。自分なんか厄介者だ。だからもう、仁礼家から出られるように準備しなくてはいけない。記憶なんかなくたって、生きていくのに不自由はないのだから。

そのとき、不意に賛の両親のことが頭を過ぎった。幼い子供がいるのに、事故死してしまったという仁礼子爵夫妻。もちろん、浅葱と面識はない。

（賛は親が亡くなって日が浅いから、誰かが死んだり弱ったりするのが怖いんだ）

いつも紳士的で、おしゃまな双子の妹たちに深い愛情を注いでいる賛。家族だけじゃない。執事の槇原や他の使用人たちにも、細やかな心遣いを欠かさない優しい賛。

その優しさは、誰かを失ったり無くしたりするのが怖いからじゃないだろうか。

仁礼家に来て一ヶ月足らずだけど、その間、浅葱は賛のことを見ていた。いや、賛だけを見ていたと言ったほうが正しい。

額にかかる柔らかい髪。首筋の綺麗さ。穏和で細かい心遣いをするのに、ぶっきら棒なところがあったり、冷静なところがあったり。でも双子たちと話すと、途端に口うるさくなったり、それでいて溢《あふ》れるほどの愛情を示していたり。

自分は、どれだけ賛を見つめているのだろう。

(うん、ずっと……、きっと、ずっと見ていたい)

いつまでも、この幸せが続けばいい。そう願っても、それは無理な話だ。それはわかっている。わかっては、いるけれど。

そのとき。使用人たちが足早に玄関ホールに揃い始めたのが目に入った。いつも礼儀正しい彼らが、こんなに慌ただしくしているのを初めて見た気がする。浅葱はただならぬ屋敷の様子に、首を傾げた。

「あ、浅葱ちゃま!」

三階から下枝と上枝が、ぱたぱたと階段を下りて来る。どちらも天鵞絨《ビロード》のワンピースに、同じ色のリボンで髪を結って、とても可愛らしい。

「下枝ちゃんも上枝ちゃんも、お洒落して可愛いね。どちらにお出かけ？」

「ううん。おでかけじゃなくて、おきゃくさまが、いらっしゃるの」

「かっかさまなの」

「かっかさま？　ああ。閣下様かな」

「そうなの。おうちに、かっかさま、いらっしゃるの！」

「いらっしゃるって、仁礼家に？　偉い方なんでしょう？　すごいねぇ」

感心して言ったのと、背後から声をかけられたのは同時だった。振り返ると、賛が立っている。正装ではないが、光沢ある生地のスーツは、彼の美しさを際立たせていた。

「浅葱？」

見とれてしまって言葉がなかった浅葱に、賛は首を傾げている。

「あ、うん！　ご、ごめんなさい。ぼく、偉い方が屋敷にいらっしゃるなんて知らなかったから、つい部屋から出ちゃって」

慌てて両手を振って早口でしゃべった。賛の姿に見とれたせいで、頬が熱い。

「浅葱ちゃま、かおがまっかだわ。上枝といっしょに、おへや、いきましょう」

「たいへん。おねつだわ。下枝、かんびょうしますわ」

双子がそう声を出すのに、浅葱は頭を振った。

「ひ、久し振りに歩いたから！　だから身体が熱くなっちゃって、それでだよ！」

なんとも曖昧な言葉に、賛が困ったような表情を浮かべる。

「体調が思わしくないときにすまない。大事な話があるから、一緒に部屋に戻ろう」

賛はそう言うと、浅葱が歩くのを手助けするように身体を支えてくれた。二人が部屋に戻ると、寝台に腰かけるよう勧められる。賛は寝台の横の椅子に腰かけた。

その雰囲気から、あまりいい話ではないような気がして、浅葱は不安な気持ちになる。

「勝手に部屋を出たから、怒ったの？」

少し怯えながら尋ねると、賛は微笑みながらかぶりを振った。

「まさか。歩く練習をしていたんだろう？　よく頑張っている。それに、私はきみを閉じ込めているつもりはないから、自由に歩き回って構わないよ。大事な話というのは、そんなことじゃないんだ」

「じゃあ、なに？」

賛は、居住まいをただすと真剣な顔で浅葱に告げた。

「きみのことを知っているかもしれない人が現れた」

唐突な言葉に、浅葱は何度も瞬きを繰り返す。その顔は、とても不安げだった。

「……いま、なんていったの？」

「先日、嘉世子姫と水瀬と三人で、公爵家の夜会に出かけたんだ。だが、宴《うたげ》の主役であられる近衛公爵が、どうにも浮かない顔をされていてね。どうやら、逃がしてしまった蝶のことが、気がかりで仕方がないらしい。水瀬が興味を持って、公爵にその話を詳しく知りたいとお願いしたら……、蝶とは人間の男の子だったとわかった」

そのときのことを思い出すように、賛は宙を見つめ言葉を切った。

……蝶とは人間の男の子。それは、どういう意味だろう。

手が少し震えている。浅葱は膝の上で震える両手を握りしめた。

蝶が人間の男の子。人間の男の子。人間の。

いやだ、いやだ、いやだよ。

まただ。また、ざわざわする。言いようのない不快感に眉を寄せると、賛は心配そうに手を差し伸べた。

「それでね、その子のいなくなった話にぴんときて、水瀬がきみのことなんじゃないかって、公爵にお話ししたんだよ。振袖を着た男の子を預かっていますって」

「ちがう！　ぼくは蝶なんかじゃない！」

急に大きな声を出した浅葱に驚きながらも、賛は優しく浅葱の肩を撫で宥《なだ》めてくる。

「そうかもしれない。でも、公爵が会って確かめてみたいっておっしゃられてね。これからうちにおいでになるんだ。もし違うのなら、それでお終《しま》いだし、もしも浅葱が公爵のところにいた子なら、どうしてあんな雨の中を歩いていたのかも気になる。ちゃんと以前のことを訊いたほうがいいと思ったんだ」

「そんなの知らない！　昔のことなんて関係ないよ。ぼくはなにも覚えていないんだ。賛と一緒に、ここにいたい」

今にも泣きそうな顔で駄々をこねる浅葱に、賛は困ったような顔を向ける。

「我儘を言わないで、浅葱。会ってみるだけだよ。大丈夫。さあ、公爵にお会いするのにふさわしい服に着替えさせてもらおう」

そう言って、賛が椅子から立ち上がったのと同時に、扉がノックされた。

「ご主人様。公爵閣下のお車が、正門をくぐられました」

「ああ、ありがとう。では浅葱、きちんと着替えていらっしゃい」

その客人と会うのが当然というように、賛が言う。もちろん浅葱の意思は関係ない。いつもなら必ず浅葱の気持ちを尊重してくれるのに、今日は、まるで聞いてくれない。

「こ、公爵様なんて人、知らないし。今日は会いたくない。会いたくないんだ」

「困らせないでおくれ。公爵がお見えになるのは当家にとって、とても名誉なことなんだよ」

「そんな……」

「槙原。美東を呼んで、浅葱の着替えを手伝うように。公爵にお会いするのだからね」

「かしこまりました」

偉い人を出迎えるために、賛は部屋を出て行ってしまった。賛と入れ違いに、すぐに美東がやってきて、ぴょこんと一礼する。

「浅葱様。お召し替えを申しつかりました」

「美東……」

きらきらと輝く美東の瞳で見つめられて、訳もなく泣きたくなってくる。皆がキビキビ動いているのに、浅葱一人がなにもできない。なんて役立たずなんだろう。

役立たずなのに、とても偉い人に会ってくれと賛に頼み込まれてしまった。それが憂鬱で仕方がない。でも、どうして、自分はそんな人に会わなくてはいけないのだろう。

もうじき、その偉い人が顔を見せる。それを想像しただけで、気分が悪くなった。

「浅葱様。浮かないお顔でいらっしゃいますね。どこか、お加減でも」

「うん。ううん。具合は悪くない。でも、公爵って人に会うのが、……こわい」

「怖い？　浅葱様と公爵様は、ご面識がないのですよね？　それなのに怖いって」

「変だってわかっているけど、公爵様の話を聞いているだけで、頭の芯が痺れるみたいになっちゃって」

「まぁっ、大変！　やっぱりドクターをお呼びしなくちゃ」

過保護な言葉に、大慌てで「違う違う」と手を振った。

「病気じゃないよ。頭の中が、もやっとしているだけ。どこも痛くない」

これ以上の我儘は意味がないと、浅葱は自分から寝巻きの釦を外しはじめた。美東が手慣れた仕草で、用意された皺ひとつない白いシャツを着せていく。

あっという間に支度を終えた美東に連れられて、先ほどの廊下へと戻った。そのとたん、吹き抜けから見える階下に、ざわめきが起こった。お行儀が悪いとは思ったが、つい手すりから顔だけ出してみる。

侍従が両開きの扉を開けると、まず賛が入ってくる。先ほども見たとおり光沢のあるスーツは、すらりとした身体を際立たせていた。

（賛って、かっこいいなぁ）

場違いな思いに囚われたのも一瞬のことで、すぐに続いて入ってきた嘉世子と、水瀬の姿が目に入る。嘉世子は見事な加賀友禅《かがゆうぜん》で飾っていた。その隣に立つ水瀬は絹のブラウスに、光沢のある生地で仕立てられたスーツ。すらりと長身の水瀬に、とても似合う。

「水瀬様、すごく素敵だね」

　こそこそっと小声で言うと、隣に控えていた美東が大きく頷く。

「はいっ。本日お召しのお洋服は、伊太利亜《いたりあ》でお誂《あつら》えになったものとか。水瀬様のお顔にとっても映えて、お美しいですわ」

「く、詳しいね」

　なぜ他家の青年が着ている服のことまで知っているのか疑問だが、美東のきらきらした瞳から察するに、水瀬の信奉者らしい。

　賛は入り口に向かって振り向くと、静かな声で呼びかける。

「狭いところではございますが、どうぞお入りください」

　賛の一声で使用人たちが深々と頭を下げている。すると、長身の男性が屋敷の中に入ってきた。ちょうど光が差してきて、男性の顔を隠してしまう。だが、彼の長髪は見て取れる。緩いくせ毛を背中まで伸ばしているらしい。

「ご謙遜を。素晴らしい邸宅で見とれてしまいました。意匠はアールデコで彩られている。実に瀟洒で美意識の行き届いた、凝った造りだ」

　微かに聞こえる男性の声が、なぜだか浅葱の心臓を摑むようだった。

（この声、……この声は……っ）

「恐縮です。さぁ、どうぞ中でお寛ぎください。近衛公爵閣下」

賛がそう言うのに頷いた男性は、ふと顔を上げる。すると、階段の手すりにしがみつくようにして、二階から見つめていた浅葱と目が合った。

すらりとした長身に、整いすぎた美貌。それに背中まで伸ばした柔らかな巻き毛が、とても印象的だ。

いつか賛に聞いた、華族の称号が脳裏を過ぎる。

『爵位には、公・侯・伯・子・男と五爵が設けられている。子爵の当家とは格が違う』

こんな立派なお屋敷に住む賛が、格が違うという言葉が耳に残っていた。

その、やんごとなき公爵が、今まさに浅葱を見つめているのだ。

「あ……」

浅葱が小さな声を出し、慌ててその場から逃げ出そうとすると、艶のある声がした。

「揚羽《あげは》、迎えに来た」

その声が聞こえたとたん、ぞくぞくっと震えが走る。

立っていることさえできなくなりそうで、必死に手すりに摑まった。だけどその目は、階下にいる男性から離れることはない。

あの人だ。あの人だ。あの人だ。

目に映る男性の顔も名前もわからないのに、なぜだか自分が追い詰められたような気持ちになった。そう、追い詰められたのだ。

「下りておいで。揚羽」

公爵と呼ばれ屋敷の者がすべて傅《かしず》く中、彼は、まったく臆することがない。

ごく当然のように両手を広げて、頭上にいるこちらに向かって差し出した。まるで浅葱が逃がした蝶であるかのように。

もう、もう駄目だ。

もう、捕まってしまう。

もう、逃げられない――――。

「揚羽。一緒に帰ろう」

あげは。アゲハ。揚羽。初めて聞く名前。馴染んだ響き。

浅葱の身体が、ずるずると廊下に崩れ落ちる。後に立っていた美東がその身体を抱きかかえて、「しっかりなさってください、浅葱様！」と大きな声を出している。浅葱の意識は、ここで途切れた。

意識を手放す前に賛の声と、かぶさるようにして公爵の笑い声を聞いた気がしたが、それは夢だったかもしれない。

□□□

目が覚めたのは浅葱が寝室に使っている、いつもの客室だ。

寝台の上で目を開くと、医師が穏やかな表情を浮かべて自分を見下ろしている。結局、またしても往診されてしまったのだ。

「脈拍正常。瞳も曇りなく、顔色もいいようだ。気分はどうかな」

「ぼく……、さっき廊下にいたんです。でも、急に目の前が真っ白になっちゃって」

「意識もしっかりしているね。てんかんを疑っていたが、その気配もなさそうだ」

医師は安静にしているようにと申しつけ、このような発作がまた起きたなら入院だと言い置いて帰っていった。部屋から出る医師の後姿を寝台の上から見送り、扉が閉まった途端、深い溜息が出る。

(あの人……、公爵を見た瞬間、身体中の血がぐるぐる回った)

実際問題、寝台に座っているだけなら具合は悪くない。だから入院なんて必要ない。

なにより、浅葱自身は一銭も持っていないのだ。こうやって豪奢なお屋敷で保護されて、すぐに医師に診療してもらえるのは、分不相応だという自覚はある。

(ぼくは、そんな大事にしてもらえるような人間じゃないのに)

また大きな溜息をつきそうになっていると、医師の見送りのために部屋を出ていた美東が戻ってきた。

「浅葱様。お加減はいかがですか。お起きになられて、どこか苦しくありませんか」

「うん、大丈夫。迷惑かけちゃって、ごめんね」

素直に謝る浅葱に、美東は「とんでもないことでございます」とかぶりを振る。

「ドクターは、しばらく安静にしていなさいとのことです。お薬も処方されております。突然お加減が悪くなったから驚きました。ゆっくりお休みくださいね」

「うん、ありがとう。あの、さっきの、……さっきのお客様は」

「あっ、公爵様はサンルームにお招きして、午後のお茶を召し上がられています。ただ、わたくしも浅葱様のお傍にいたから、詳しいことはわかりませんが」

美東は倒れた浅葱に、付き添ってくれていた。詳細がわからないのも、無理はない。

「うん。いいんだ。ちょっと気になっただけだから」

公爵は浅葱に向かって『揚羽』と呼んだ。そして手を差し伸べ、もう一度『揚羽』と呼び、それから。……それから。

頭がぎゅうぎゅうっと、締めつけられるみたいに痛む。でも、美東の前で痛そうな顔をしたら、きっと心配させてしまう。それは嫌だ。

自分が役に立たない人間だということは、わかっている。だからこそ、誰かの負担にだけは、なりたくない。

そう思い唇を噛んだそのとき。性急に扉を叩く音が響いた。美東が慌てて応対に向かった。

賛が来てくれたのだろうか。そう考え顔を上げたのと、美東のひきつった声が聞こえたのは同時だった。

「こ、公爵様っ？」

美東が驚きの声を上げたのも、無理はない。

戸口に立っていたのは公爵。そう。近衛公爵閣下だ。

彼は扉を開けた美東ではなく、真っすぐに浅葱を見つめていた。その瞳は、まるで魅入られるという言葉でしか表現できない、そんな妖しい眼差しだった。

「公、お待ちください。公」

背後から聞こえたのは、賛の声だ。だが公爵は動じることなく、浅葱を見据えていた。

「揚羽と話がしたい。どきなさい」

公爵の唇から、低いがよく通る声が零れる。どこか音楽的にも聞こえる響きだ。呆然と立っていた美東は、圧されたように扉の前から身体をずらした。

公爵は背後から聞こえる賛の声に構わず、部屋の中へと足を踏み入れる。誰にも止めることはできなかった。

目の前にいる彼から、言い知れない迫力が押し寄せてくるようだ。

「揚羽。随分と捜したよ。さぁ、帰ろう」

そう言って彼は手を差し伸べてくる。浅葱は呆然と公爵の指を見た。

とても美しく、手入れの行き届いた指先。高貴な彼に傅く従者が、宝石を扱うような手つきで磨いたであろう爪先。

――ぼくはこの指先を知っている。

人を従わせることに慣れた、支配者の傲慢な指先だ。

「帰るって……」

「むろん、公爵家に帰るのだよ。お前が仁礼家にいると、ご迷惑がかかるだろう」

「どうして貴方《あなた》に、そんなことを言われなきゃいけないんだ」

帰る。この家を出て、賛の傍から離れる。

恐れていたことが、とうとう起こってしまった。この家から離れたくないのに、当たり前のように帰ろうと言われて、手を差し伸べられているなんて。

どうしよう。どうしたらいいんだろう。

「公。お待ちください。浅葱は療養中の身。動かすのは、あまりに酷です」

浅葱の代わりに答えたのは、追いついてきた賛だった。

彼はけして声を荒らげることはなかったが、憮然《ぶぜん》とした表情を浮かべている。その背後には、水瀬が立っていた。こちらも厳しい眼差しで成り行きを見守っている。

公爵はゆっくりと瞬きをし、賛へと向き直った。

「療養とは、記憶を失ったからか」

「記憶もそうですが、なにより彼は当家の車と接触したために、深い傷を負いました。私は彼の傷が完治するまで、この家に置いておく所存です」

賛の言葉を聞いて、公爵は形のいい眉を片方だけ上げる。

「それはまた酔狂な。揚羽は自ら、きみの家の車に飛び込んだのではないか。この子は昔から気まぐれで、なにを考えているか、わからない子だった」

「揚羽って、……ぼくのことですか」

浅葱がそう言うと公爵は、悲しげな表情になった。

「私の可愛い揚羽蝶。どれだけ愛《いつく》しんできたかも、お前は忘れているのだね」

公爵は寝台に近づくと、浅葱の頬に触れてくる。

頬に触れていた指は髪をかき抱き、そのまま公爵の胸に抱き寄せられる。そのとき浅葱の鼻孔に、微かな香りがした。

（この香り、懐かしい香りだ）

公爵の香りを覚えていることが、気持ち悪い。寒気がしそうだ。

「さ、さわらないで……」

「療養も治療も当家でできよう。仁礼家を蔑《ないがし》ろにするわけではないが、当家は御所の方々とも親しみ深い。よい医者を紹介してくれるだろう」

突然の言葉に浅葱は真っ青な顔をして、硬直してしまった。

成り行きを見守っていた賛が、さも見ていられぬと言った顔で、仲裁に入る。

「公、それはあまりに乱暴です」

「乱暴？　揚羽は元々、私が寵愛《ちょうあい》し身請けした子だ」

「身請けとおっしゃるならば、揚羽というのは源氏名でしょうか。では、本名は」

「本名など知らぬし、興味もない。初めて出会ったとき、既に揚羽と呼ばれていた。この子を水揚げしたのも私だ」

「水揚げ……」

賛の低い声が漏れる。聞きたくないのに、聞かなくてはならないからだ。

いつもと同じ仁礼家の屋敷。掃除が行き届いた室内。部屋のあちこちに生けられた生花。甘くていい香り。耳を澄ませば、子供の笑い声が聞こえてくる、そんな屋敷の一角で。

この健全で清潔な空間の中で、近衛という名の公爵は、おかしなことを言っている。こんな爛《ただ》れた話など、似つかわしくないというのに。

「……やめて。水揚げなんて言わないで……」

「私は嘘をついていないだけだ。水揚げ後のお前は驚くほど垢抜《あかぬ》けて、とても美しかった。お前は芸妓《げいぎ》でもないのに、たちまち評判に」

「言わないでって、言っているでしょう！」

思わず大きな声が出た。贅がびっくりした顔をしているのが、目の端に映る。でも公爵が話すのを、止めたくて仕方がなかった。

「知らない、揚羽なんて知らない。嘘ばっかり言わないで！」

言わないで。贅の前で、そんなことを言わないで。

過去の自分の話は、浅葱の心を打ちのめすに十分だった。

自分は堅気だと思ってはいなかったが、売春をしていた過去を突きつけられる衝撃は大きい。しかも大好きな贅の前で言われるなんて。

まだ話を続けようとする公爵の目の前に、贅が立ちふさがった。

「公。浅葱も混乱しています。もう、止めてあげてください」

「失敬。揚羽は病人だった。この子が私を知らないなどと言うから、つい言いすぎた」

感情の見えない表情で言う公爵に、賛は「いいえ」と小さく答えた。

「私は揚羽が可愛い。私の手元に返してもらいたくて、口が滑ったようだ。どのみち、揚羽はきみの手におえるような子じゃない」

「浅葱は私の運転手の過失により怪我をさせたため、当家に保護したに過ぎません。子爵風情の身で公の稚児《ちご》に手出ししようなど、考えも及ばないことでございます」

『稚児』などと慣れない言葉で浅葱を表現した賛は、どこか憮然とした表情だった。

「保護しただけ？　本当にそれだけかな」

公爵は欺瞞を許さないというような輝く瞳で、真正面から賛を見つめた。

「揚羽は、とてもあなたに懐いているようだ。だが、仁礼家のご嫡男は、葉室家令嬢とご婚約をしていると、風の噂《うわさ》に聞いている。そうなれば、この子の存在はゆくゆく邪魔になりかねない。ご迷惑がかかる前に、私に返したほうがよいと思うが」

「お言葉ではございますが、邪魔にするはずがありません」

遠回しな牽制《けんせい》をかけている公爵に、どう返したらいいのか困りあぐねているように、賛は眉を曇らせている。子爵が公爵閣下に逆らうなど、ご法度であるし前代未聞だからだ。

賛が公爵の話を止めようとしたとき、浅葱の唇から叫び声が迸《ほとばし》った。

「いやです、ぼくは賛の傍にいる。この家からは絶対に出ない、絶対に出ない！」

「揚羽。まだ拗《す》ねているのか。あれは、ただの戯れだったろう」

「揚羽なんて呼ばないで！　ぼくは、そんな名前じゃない。浅葱だ。あなたなんか知らない。ぼくはどこにも行かない！」

　口早にそう言うと、毛布を頭から被《かぶ》ってしまう。まるで子供のヒステリーだ。

　公爵も賛も浅葱の反応に、呆然としていたようだ。だが、笑い出したのは、公爵だった。

「揚羽。お前のやっていることは、子供と一緒だ。そんな対応をしたら、仁礼子爵もお困りになるだろう」

　そう笑われて、毛布に包まったまま少し顔を出して賛を見た。彼は少し眉を寄せている。

「……公。彼も興奮しています。公爵家へ移すか移さないかは、本人の意思を尊重したいと思うのですが」

　賛の言葉に、公爵は頷いた。

「確かに山猫のように興奮している。実に可愛らしい。記憶がないというのも本当のようだ。揚羽は私の屋敷を飛び出したとき、ちょっとした諍《いさか》いがあって、随分と興奮していた」

「諍い、とは」

「内々のこと。貴殿には無関係だ。だから記憶喪失と聞いたときも、この子の狂言かと疑った。

だが、そうでもないらしい」

「狂言とは、どういう意味でしょうか」

「私の気を引くための狂言、という意味だよ」

「浅葱が、そんな愚かな真似をすると思えません」

贊の言葉を聞いて、公爵は面白そうに微笑んだ。

「きみのように心身ともに健康で健全な人間には、想像もできないだろう。だが、この子は本当に厄介だ。とても歪んでいるからね」

「歪んでいる、とは」

「まともな親に育てられず、誰かに愛されたこともない。普通の教育も受けていない。庇護されたことも、弱いものを守ったこともない。この蝶は、実に美しく醜い生きものだ」

公爵は言いたいだけ言うと、毛布に包まっている浅葱を、そっと撫でる。

「歓迎されていないようだから、今日は帰ろう。だが、いつまでも我儘を言えると思ったら、大間違いだ」

公爵は囁き、毛布へとくちづけた。

6

公爵と浅葱《あさぎ》の様子を賛《たすく》は微動だにすることなく、見つめている。だが、気を取り直したように槇原《まきはら》を呼ぶと、公爵がお帰りだと告げた。

「ああ、見送りは結構」

「公爵がお帰りになられるのに、見送らないわけには参りません」

賛が生真面目《きまじめ》に返すと、公爵は肩を竦《すく》めた。

「きみは見かけによらず、実に頭が固い。では、そちらの可愛《かわい》らしいお嬢さんに送っていただこう。さぁ、お嬢さん、参りましょうか」

公爵はそう言うと隅に立っていた美東《みとう》の手を取り、部屋を出て行った。賛は後を追いかける際に、扉の横で心配そうに立っていた水瀬《みなせ》に耳打ちをする。

「すまないが、浅葱を見ていてくれないか。様子が落ち着いていないから、なにか発作的なことをしないか心配なので。頼みます」

「わかった」

贇が部屋を出て行ったあと、水瀬は扉を閉めて浅葱の寝台へと近づいた。まだ毛布に包《くる》まったままの浅葱の隣に腰をかけると、ミノムシみたいな背に、そっと手を添える。

「浅葱、出ておいで。公爵殿は、お帰りになられたよ」

その言葉を聞いて、もぞもぞと身動きした浅葱は、ようやく顔を出した。その様子を見て、水瀬が笑い出す。

「ふふ、なんて姿だ。頰が真っ赤だよ」

「あ、……ぼく、あの人を見たら、なにがなんだか……、わからなくなっちゃって……」

そこまで話したところで、扉がノックされる。水瀬が「どうぞ」と答えると、入ってきたのは贇だった。

「贇、公爵殿のお見送りは？」

「そのつもりで階下に下りたが、あの方は、運転手を使わず自ら車を運転される。あっという間に出発されてしまったよ」

やれやれ、といった顔の贇に、水瀬は可笑《おか》しそうに笑う。

「酷《ひど》い顔だ。仁礼《にれ》家当主ともあろう人が。まぁ、公爵殿は色々と大変な方だ。人に与える影響が強すぎる。……まさしく、あの方は強すぎる毒がある」

水瀬の言葉に賛は頷《うなず》き、寝台に近づいた。

「さて、お姫様の具合はどうかな」

「あまり芳しくない。まさに、公爵の毒に当たったのだろう。浅葱は心優しいから」

公爵の低い声を思い出して、浅葱の身体《からだ》が微《かす》かに震える。

そう、まさしく公爵という男は毒のようだ。少しでも触れたら、たちまち痺《しび》れが走り、そのまま絶命してしまいそうだ。

怖い。

公爵が、とても恐ろしい。

恐怖に震えていると、そっと髪に触れる感触があった。賛の手だ。

「そう。浅葱は繊細だ。もっと図太くなりなさい。私や公爵のようにね」

賛の口から図太くと言われ、あまりの違和感に思わず笑みが漏れると、賛も笑う。その笑顔を見ていると、凍りついた心と身体が、ほわぁっと溶けていくみたいだった。

「笑ったね。よかった、浅葱がつらそうな顔をしていると、こちらもつらい」

そう言われて、自分が笑っていることに、ようやく気づく。

「髪が乱れているよ。……かわいそうに。よほど恐ろしかったのだね」

「みっともない対応をして、ごめんなさい……」

細い声で言うと賛は痛ましげな表情を浮かべ、浅葱の髪を直してやる。その手の感触がとても心地よくて、つい瞼《まぶた》を閉じてしまった。

浅葱の素直な様子に賛も水瀬も、穏やかな表情を浮かべた。

「公爵は、なぜか浅葱が記憶を失った振りをしているとお考えのようだけど、この状況に一番混乱しているのは、きみだ」

優しい言葉に、浅葱の目が潤む。優しくされると、心が緩んでしまいそうだ。

「ぼくが前、どんな暮らしをしていたか思い出せないけど、でも公爵の言った通りなら……。ぼくは仁礼家の車に轢《ひ》かれたとき女物の振袖を着ていたけど、普通の男なら振袖なんか着ているわけがないのに」

そう呟くと、賛がギュッと浅葱を抱きしめた。びっくりして目を瞬くと、彼は真剣な顔で浅葱を見据えてくる。

「きみはまだ療養中の身だ。覚えていない過去のことで嘆くのはやめよう。それに、どんな過去があったとしても、ここにいる浅葱とは関係ない。私は素直で優しいきみが大好きだよ」

「ぼくは別に、優しくなんか」

「いや。とても優しい子だ。私の服に吐いたことを、謝っていただろう。そもそもの原因は、当家の運転手だというのに」

運転手と言われて、浅葱はあわててかぶりを振る。

「ううん。それは、ぼくがフラフラしていたからでしょう。だから悪いのは、ぼくだよ」

「そういう所が、心優しいというんだ。自分の具合もよくないのに、双子たちと食事を一緒にとってくれたり、面倒を嫌がらずに見てくれるところも、とても優しいよ」

面と向かって褒められて、恥ずかしくなって俯《うつむ》いた。耳が熱くなっているから、きっと真っ赤になっているのだろう。

「賛。浅葱を褒めるのは、またの機会にしなさい。浅葱が落ち着いて眠れない」

浅葱の様子を見かねたのか、水瀬が助け舟を出してくれた。

「ああ、そうか。すまない。浅葱が真っ赤になっていて可愛らしいから、つい」

そのひと言で、さらに頬が熱くなる。恥ずかしくて、またしても毛布を被《かぶ》ってしまった。

「浅葱？　どうしたんだ。私はなにか、気に障ることを言ってしまったのか」

毛布に包まり丸まってしまった浅葱に問いかけると、とうとう呆《あき》れた水瀬が賛の腕を引っ張ってしまった。

「いい加減にしなさい。浅葱がかわいそうだ」

水瀬に怒られて、賛は笑っていた。その声を聞いているのが、浅葱はすごく恥ずかしくて堪《たま》らない。

誰かに褒められたことなんか、一度もない。愛されたこともない。

そう考えて目を瞬かせる。どうして、誰にも褒められたことがないって思ったのか。

なぜ愛されたことがないと言いきれたのか。

こめかみを押さえて考え込んでいると、水瀬の声がする。

「ぼくたちは、もう部屋に戻ろう。姉上も浅葱を心配していたから、賛からちゃんと話してあげて。それじゃあ、浅葱、ゆっくり休んでね」

水瀬のねぎらいの言葉が、毛布越しに聞こえた。

そうだ。賛にはちゃんと嘉世子《きよこ》という婚約者がいた……。どんなに気にかけてもらえても、彼は自分のものじゃない。

浅葱は毛布に包まりながら、冷えた頬に手を当てた。

しばらくすると、扉の閉まる音がする。なにも反応を示さない浅葱を眠ったと思い、二人が出て行ったのだろう。

人がいなくなって急に静かになった部屋の中で、浅葱はどうしていいのか迷った。迷い、わからず身を丸めた。

□□□

深い闇の中で目覚めた浅葱は、自分がどこにいるのか、わからなかった。

寝台の傍《そば》の大きな窓には、厚地のカーテンがかけられている。その隙間から、凍りつくような月が見えた。

浅葱が寝台を下りカーテンを開け窓を見上げると、目に映るのは冴《さ》え冴《ざ》えと光る、月明かりの美しい夜空。

その夜空を見ていると、言いようがないぐらい淋《さび》しい気持ちになってくる。そして自分は孤独なのだと、理由のない寂寥《せきりょう》感に囚《とら》われた。

先ほどの公爵を見て、不安になったからか。それとも賛と嘉世子のことを考えたからか。

なにもかもに恵まれた、美しい二人。なにも持たない自分とは、なにもかも違う二人。

でも自分は。振袖を着て外をふらついていた自分は、いったい、なんなのだろう。

「……きたない」

唇から零《こぼ》れたのは感情のない、虚《うつ》ろな声だった。

汚い。汚い。

自分は汚れている。汚い。泥でできた、泥人形みたいだ。

無性に自分の汚さが気になって、おかしくなりそうだ。

（汚いものは、嫌いだよ）

以前、誰かに言われた言葉が甦る。誰に言われたのか思い出せないけれど、胸が引き裂かれるぐらい痛かったのは忘れられない。

部屋に作りつけられている浴室の扉を開くと、灯りが点《つ》けられていない室内は真っ暗だ。暗いだけでなくタイルが張られた床や壁のせいで、部屋の中よりも更に深々と冷えた空間になっている。闇に沈む室内は、どこか魔的な匂いすらした。

「きたない……」

浅葱は冷たいタイルの上を裸足《はだし》で歩き、大きなシャワーコックを躊躇《ためら》いもなく捻《ひね》った。

ざぁっ、と頭上から降り注ぐ冷水に、まったく身じろぐこともない。冷たい水が、心地よかった。もっともっと冷たくなればいい。

冷たければ冷たいだけ、自分の汚さが洗い流せる気がした。

降り注ぐ水は浅葱の髪に、顔に、そして寝巻きに包まれたままの身体にも射当てられる。その冷たさを堪能し、更に目を閉じたそのとき。

「浅葱、なにをしている！」

浴室の扉が開き、飛び込んできたのは、賛だった。

彼は躊躇《ちゅうちょ》することなく、冷たい水を被る浅葱を引っ張ると、シャワーを止めた。そして浴室の隅で呆然《ぼうぜん》としている浅葱の手を摑《つか》む。

「外の寒さが、わからないか。こんな気温の夜に水を浴びるなんて、正気の沙汰じゃない」

叱りつけられて、理由のわからない怯《おび》えに萎縮しきっていた浅葱が、身体を竦めた。部屋に連れて行こうとする賛から、なんとか逃れようと身体中をバタバタさせる。

「や、やだ。まだ洗わなくちゃ、洗わなくちゃ汚い……っ。汚いんだ」

「なにを言っているんだ」

「ぼく、汚いんだよ。触らないで、賛が汚れちゃう。こんな汚いものに触らないで……っ」

「うるさいっ」

いきなり叱りつけられて、浅葱は黙った。賛がこんなに鋭く厳しい声を出すのを、初めて聞いたからだ。賛のほうも無意識だったらしく、戸惑ったような顔をしていた。

賛は突然、「面倒だ」と呟《つぶや》くと、華奢《きゃしゃ》な身体を肩に担ぎ上げてしまった。

「わぁ、ああ……っ」

「寝室まで我慢しなさい。このまま話をしていても、埒《らち》があかない」

賛は浴室を出ると浅葱の身体を担いだまま、寝室に入った。そして床に下ろすと、すぐに服を脱がせて、浴室から持ってきたタオルで身体を拭う。

浅葱は裸に近い恰好《かっこう》だったが、恥ずかしがることも抵抗することもなかった。されるがまま、

ひと言も発しなかった。

賛はタオルを何枚も使って水滴を拭うと、ようやく溜息《ためいき》をつく。そして、ゆったりとしたバスローブを浅葱の肩に掛けてくれる。その手つきは、とても優しい。

先ほど厳しい声で浅葱を叱り、肩に担ぎ上げたのが嘘《うそ》のようだ。

手ざわりのいいバスローブに触れていると、それだけで気持ちが安らいでくる。それは、不思議な感覚だった。

「賛は、どうしてここに」

なぜ彼は、こんな夜遅くに浅葱の部屋に来たのだろう。

「きみはひとりで眠るのは苦手だろ？　だから心配して様子を見にきたんだよ」

賛のこの言葉に、浅葱の胸はどきどき弾む。

『心配して様子を見にきたんだよ』

頭の中で賛の声が羽のように、ふわふわ舞った。たった一言で心地よくなれるなんて、賛の言葉ってすごい。賛は、なんて素敵なんだろう。

浅葱のことを心配して、こんな夜遅くに様子を見にきてくれたなんて。

嬉しい。嬉しくて涙が出そうだ。でも心のどこかで不安が拭えない。

「心配って、あの、……ぼくの？」

おずおずと訊《たず》ねると、賛は眉間に皺《しわ》を寄せた。

「今さらな質問だね。ああ、きみの心配だ。要領が悪くて面倒で厄介《やっかい》なきみのことが、心配で堪らない。上枝《ほづえ》と下枝《しづえ》のほうが、まだ手間はかからないよ」

賛は呆れた顔だ。いつもの紳士的な彼とは違う、初めて見る表情だった。

「や、厄介なのはわかるけど、要領が悪いとか面倒とかって酷いよ。それに上枝ちゃんと下枝ちゃんは、いくら賢くても四歳だよ。四歳児と比べるなんて酷いよ」

「どこが酷い。現に妹たちは就寝時はひとりで寝る。それに比べて、きみはひとりになるのが怖いと怯え、私が嘉世子姫と結婚するのが悲しいと言い、一緒に寝てくれないと拗ねたこともあった。こんな面倒な男は、見たことがない」

むき出しの事実で遠慮なく浅葱の心を折った賛は、ふぅ、と溜息をつく。

「様子を見にきたのは、私が心配で色々と考えてしまったからだ」

「色々と考えた……？」

「公爵と話していたとき、きみは怯えていて普通じゃなかった。だから、どうしているかと心配になったんだ」

思いがけない言葉に、浅葱は目を瞬く。その拍子に、また大粒の涙が零れた。

「もう泣かないでくれ」

贅はポケットからハンカチを出して、その涙を拭ってくれる。彼は呆れた顔をしていたが、嫌そうな素振りではなかった。

「私がさっき咄嗟《とっさ》に叱ったのは、この寒空に冷水など浴びていたからだ。きみが面倒で厄介というのは嘘だ」

「……嘘、……本当？　うそ？」

「嘘だよ」

贅はそう言うと、浅葱をそっと抱き寄せた。

「ちょっと部屋を覗《のぞ》いて静かに眠っているなら、それでいいと思った。だが、寝台は蛻《もぬけ》の殻だ。浴室から水音が聞こえてきたので、まさかと思って扉を開けてみたら水を浴びて、ずぶ濡れのきみがいた」

着衣のままシャワーの下にいた浅葱を連れ出したせいで、贅もびしょびしょに濡れている。上等なセーターも手触りのいいシャツも、水に濡れて台無しだ。

その贅の服にそっと触れて、小さく呟く。

「濡れちゃったね。冷たいでしょう」

「いや、大丈夫だ」

「大丈夫なわけないよ。ぼくのせいだ。ごめんなさい……」

「謝らなくてもいい。だが、こんな無茶を二度としてはいけない。いいか、もう絶対にだ。部屋の中で凍死することだってあるんだよ」

そう諭す賛が、なにかに気づいたように浅葱の顔を覗き込んでくる。

「……もう、泣かないでくれ」

そう言われて顔を上げると、ぱたぱたっと涙が頬に零れた。その涙は顎を伝い落下し、着せてもらったバスローブへと染みていく。

「酷いことを言って悪かった。それに先ほども、公爵に会わせなければよかった。私の配慮が足りないばかりに、嫌な思いをさせてしまったね」

優しい声で謝られて、張り詰めていたものが切れてしまったようだ。浅葱は溢《あふ》れてくる涙を拭おうともせずに、必死で賛を見つめた。

「ちがう、……違う。わ、悪いのは、ぼくだよ。ぼくが賛に迷惑をかけて、ずっと面倒を見てもらって……、お医者さんに来てもらって……っ」

「それは当然のことだ。当家の運転手の過失で、きみは怪我を負った。本来ならば、まず賠償の話をしなくてはならないが、記憶のこともあるし、まず療養してもらおうと思って、無理やり逗留《とうりゅう》させている」

「ぼく、こんな立派なお屋敷で皆に優しくしてもらって、なに不自由なく暮らしているよ。なにより、賛の傍にいられて嬉しいもの。無理やりなんて、誰が言ったの」

浅葱は涙声で言うと、賛の顔を覗き込んだ。眉を寄せた顔は、少し苦しげに歪《ゆが》んでいる。

「私は、きみを大事にしてあげられているだろうか」

「え？」

「この家に無理やり滞在させて、勝手にドクターを呼び治療をさせている。それに対して間違っていないし、最善だとも思っている。だが、きみ自身は私を疎ましいと思っていないか」

「どうしてそんなことを言うの」

「療養という名目で、きみを閉じ込めているのではという懸念がある。私は公爵よりも気が利かないし、財力は足元にも及ばない。この屋敷に閉じ込めることをやめ、公爵の許《もと》へ帰せば、あるいは記憶が戻るかと」

「嫌だっ」

賛の言葉を遮るようにして、浅葱は叫んだ。自分でも驚くぐらい、鋭い声だ。

「帰らない、公爵家なんか、絶対に帰らないっ。どうしても帰れと言うなら、ぼくは窓から飛び降り」

そこまで言った瞬間、パンッと音がして頬が熱くなる。次には、湧いてくるみたいに、じんじんと痛みを感じた。賛に叩《たた》かれたのだ。

「莫迦《ばか》なことを言うな」

浅葱は叩かれた頬に、そっと触れてみる。痛みはあるけれど、それよりも熱いと感じた。

この熱さは、生命の熱のような気がする。先ほど、冷たい浴室で冷水を浴びたときには感じられなかった。生きているからこそ、感じられる痛みだ。

「言葉の綾《あや》だとしても、そんなことを言ってはいけない」

「賛……」

「私は、きみが大切だ。そのきみが、自分の命を投げ出すようなことを言うのは悲しい。悲しくて堪らない。もう二度と、絶対にそんなことを言ってはいけない」

「……どうして、ぼくが大切なの？」

ずっと心の奥で燻《くすぶ》っていた疑問が、唇から滑り落ちる。

どうして賛は、自分に心を砕いてくれるのだろう。

いくら自分の運転手が起こした事故に対する贖罪《しょくざい》とはいえ、自宅で療養させ、家族と交流を持たせ、なに不自由なく治療に専念できるように手配してくれている。

金を渡して、追っ払うことだってできるはずなのに、どうして賛は自分を大切にしてくれるのだろう。優しいから？　育ちがいいから？　だから見捨てることができないの？

「きみがひとりになるのが怖いと、私にしがみついたから」

「え？」

「私が嘉世子姫のものになるのが悲しいと言う。一緒に寝てくれないと言って、拗ねてしまう。そのくせ、ちょっと私が素っ気なくすると、泣きそうな顔をする。そんなきみが、気になってしまう。……気づけば嘉世子姫よりも、きみを見ていることが多くなっていた」

驚くようなことを言われて呆然としていると、ふいに唇に温かいものが触れた。

賛の、唇だ。

「事故に遭ったせいで気弱くなっているのだろうか。風の音に怯えてはいないだろうか。悲しい思いはしていないだろうか。そんなふうに、いつも、きみのことばかり心配していた」

賛はそう囁《ささや》き、再び唇を重ねてくる。浅葱は逃げることもせず、その柔らかな感触を受け入れ、瞼を閉じた。

ふんわりと重ねられた唇を、うっとりと受け入れると、胸の奥が熱くなってくる。

(ぼくは、この人が好きなんだ。……好きって言葉では、括《くく》れないぐらいに)

そう思った瞬間、身体の力が抜けて頽《くずお》れそうになったが、力強い腕が支えてくれた。その気強さに、また安堵《あんど》の気持ちが満ちてくる。

「賛……、すき。だいすき」

浅葱が思わず呟くと、賛にその細い身体を強く抱きしめられた。先ほどの抱擁よりも、さらに強い力だ。

贇は浅葱の髪に唇を寄せ、何度も甘いくちづけを繰り返した。

「男の心を、煽《あお》ってはいけない。歯止めが利かなくなる」

「歯止め？」

「こうして愛する人を抱きしめているんだ。普通の男なら、理性が利かなくなる。そして、私も普通の男だ」

「理性？　……理性なんか、いらないのに。ううん、理性なんか、捨てていい」

「だから、煽るなと言っているだろう」

その言葉を聞いて、浅葱は小さく笑って贇の胸に顔を埋《うず》める。

彼の腕の中は、とても温かい。力強い腕に身を任せ、ゆっくりと目を閉じる。この世界に終わりがくるのなら、今がいい。そんな埒もないことを考えながら。

本当に、世界の終末を贇の腕の中で迎えられたら、どんなに幸せだろうか。

また涙が滲んでくる。どうしてこんな、泣き虫になってしまったのだろう。贇の怖い声と優しい声を、いきなり聞いてしまったからか。

彼の声が、麻薬みたいに浅葱の心を蕩《とろ》かすからか。

……そして、どうして自分は、あの公爵が恐ろしいのか。

「ぼくは、あの人が怖い」

「あの人？」

「さっき賛が連れてきた、公爵って人。あの人には、もう会いたくない」

浅葱はそう言うと、賛にしがみつく指の力を強くする。こうして賛に縋《すが》っていれば、恐ろしいことから逃れられるとでもいうように。

（なにもかもが、壊れてしまう気がする。なにもかもが）

「浅葱？」

心配そうに顔を覗き込んでくる賛は、どこまでも澄んだ、清らかな瞳をしていた。その美しい眼《まなこ》を見ていると、説明のできない感情に囚われる。

「……公爵様には、もう会いたくない」

そう言うと賛はしばらく無言だったが、「わかった」と低い声を出す。

「公爵には浅葱が過去、公爵家に滞在していたとしても、今は戻ることを望んでいないと申し出よう。そして、当家は治療に適した環境だと。公爵も、無理強いはなさらないだろう」

そう言われて、浅葱は賛にしがみついた。賛は少し驚いた顔をするが、突き放すことはしない。宥《なだ》めるように背中を撫《な》でてくれるだけだ。

（嘉世子姫の許婚《いいなずけ》だとわかっているのに、どうして賛に抱きついているのだろう。……どう

して気持ちが安らぐのかな）

拭いきれない罪悪感と、不思議な心安《うらやす》。

でも、その一方で。

公爵のことを考えると、今まで感じていた胸の温かさは、立ちどころに消えてしまう。

浅葱の胸は冷たい水が流されたような、空《むな》しく冷ややかな感覚になる。この理由のない虚《うつ》ろさは、なんなのだろう。

「もう遅い時間だ。浅葱は早く休みなさい」

賛が急にそんなことを言って、身体を引きはがそうとする。

「ど、どうして？　どうして行っちゃうの？」

「きみは今日、驚くことがあって混乱している。いつまでも起きていては駄目だ」

彼の言う道徳的な理屈と優しさに溢れた行為は、とても常識的だ。人間として、とても正しいと理解できる。

だが浅葱はそんな賛にしがみつき、自分の中の想《おも》いを打ち明ける。

「お願い、ひとりにしないで」

「浅葱……」

「賛の恋人になれなくてもいい。でも、今夜だけは、ずっと抱きしめていて。賛、お願いだから、……もう一回、くちづけして」

そう囁くと賛は無言のまま浅葱の顎を持ち上げ、唇を重ねてくる。

柔らかくて甘くて、そのくせ、どこか背徳的な触れ合いに、浅葱は夢中になった。

「ん、んん……、ふ……」

抱きしめてもらう喜び。唇を重ねる愉悦。嬉しさ。快楽。歓《よろこ》び。

ずっと、していたい。ずっとずっと賛と抱き合って、こうして唇を重ねあいたい。

こんな幸せは生まれて初めてで、そして多分、これで最後だろう。その切ない思いが浅葱を揺らめかせる。

この人は仁礼家当主という、立場のある人。それに二人とも男同士だから、想いが叶《かな》うこともない。賛と自分の身分の差だってある。

なにより、嘉世子姫という婚約者がいるのだ。

俯いてしまった浅葱の迷いを見抜いたように、賛が低く囁いた。

「きみの過去も私の現状も、どうでもいい。私は、きみが愛《いと》おしい」

そう囁くと賛は、浅葱を強く抱きしめる。されるがまま、力強い腕に身体を委ねた。

温かい腕の中で幸福に酔いしれながら、浅葱は冷静に考えを巡らせる。

自分は本当に、この人になにもしてあげていない。沢山のものを惜しげもなく与えてくれる

贅に、恩を返すどころか負担ばかりかけている。

この人に、なにかお返しをしたい。贅のために、なにかしたい。でも自分には、なにもない。なにも持っていない。なにも生み出せない。

こんな自分が愛しい人のために、してあげられることって、なんだろう。

(本当に、……本当に贅とは結ばれない運命なんだ)

諦観と絶望。悲しみと苦しみ。裏切りと嘲笑。

自分は今まで、そんな世界にいた。皮膚に感じる歪んだ世界。

もう帰りたくない。だけど帰らずにいられない。それが、自分という人間の運命なのだ。

浅葱は溜息をつきながら、贅の肩に顔を埋めた。

愛してもらっているのに悲しくて、ただ悲しくて。

卑下しているわけでも、卑屈になっているのでもなく。ただ、自分はそんな昏《くら》い生きものなのだと、そう思えて仕方がなかった。

7

その日は朝から快晴の、気持ちのいい一日だった。

仁礼家の双子と水瀬は揃《そろ》ってピクニックに行くのだと大騒ぎだったたし、普段はあまり外に出ない嘉世子姫も、同行するそうだ。ピクニックといっても、葉室《はむろ》家が所有する近郊の、広大な森林だという。

「浅葱、気分がよかったら一緒に行かない？　森でお弁当を食べて、帰りは葉室家に寄って休んでから、こちらに帰ってくるんだ。今日は暖かいし天気もいい。楽しいよ」

「浅葱ちゃまと、いっしょにいきたいなぁ」

「でも浅葱ちゃま、ぐあいわるくなっちゃう……？」

「そ、そんなことはないけれど……。じゃあ、ぼくも一緒に行こうかな」

水瀬が明るく誘ってくれるし、双子たちも一緒に行きたいと思ってくれている。

だが、誘っている口調が遠慮がちなのは、以前、浅葱が目の前で倒れてしまったことが原因だろう。あの光景は幼い少女たちにとって、衝撃が強かったに違いない。

そんな幼子たちの様子を見ているとかわいそうで健気《けなげ》で、自分はもう元気だと言ってやりたかったし、もう大丈夫だと証明したかった。

「自動車で送り迎えしてくれるんでしょう？　それなら……」

そこまで言って、少し言い淀《よど》む。

嘉世子も一緒に行くというピクニックに、浅葱は少し戸惑っていた。

（賛に口づけをしてもらった……。嘉世子姫はそのことを知っているの？）

そんなこと、嘉世子に訊《き》けるわけもない。

それに本当は、まだ長い時間の歩行ができない。また誰かに迷惑をかけるかもしれない。でも、ちょっと頑張れば行けるだろう。そうだ、きっと大丈夫。

浅葱が心を決めて参加すると言いかけたとき、傍のテーブルに着いて新聞を読んでいた賛が、紙面から目を離さず言った。

「行ってくればいいじゃないか」

何気ない様子で賛が許可をだしてきた。だが、

「私はあいにくと園遊会に招待されているので同行できないが、真崎《まさき》に頼んでおく。彼に世話してもらいなさい」

なぜか運転手である真崎の名を出され、浅葱が首を傾《かし》げた。

「真崎さんに世話してもらうって、どういうこと？」

疑問に思って浅葱が首を傾げると、賛は当たり前のように言い放つ。

「それは当然、真崎に抱っこを頼んで運んでもらうか、おぶってもらうか」

「そんなの、やだ！」

とっさに大きな声が出ると、部屋の中にいた水瀬と双子、それに給仕をしていた美東までもが驚いた顔をして浅葱を見ていた。だが、こちらはそれどころではない。

「ぼく、男だよ。深窓の令嬢みたいに抱っこしてもらうなんて、絶対に嫌だからね」

「深窓の令嬢でもピクニックに行くとき、運転手に抱っこされることはないかなー」

水瀬は呑気《のんき》に笑って言うが、賛の答えは笑い事ですませるような内容ではない。男の沽券《こけん》にかかわる問題だ。たとえ振袖を着ていた過去があっても、それとこれは別だった。

「浅葱は令嬢ではないが、まだ事故の後遺症が残っている。また以前のように倒れて、頭をぶつけたら大変だ。出かけるなら真崎に世話を頼む。いいね」

「絶対やだよ！　それなら今日、ぼくは留守番するから！」

「おや。それは残念だな。ということで、上枝、下枝。浅葱は欠席だ。これは決定事項なので変更は許されない。わかったら部屋に戻って、外出の支度をしなさい」

贅がキビキビ命ずると、子供たちは「はぁ～い」と返事して自室へ去っていった。

一連の流れを見ていた水瀬は、拍手するように両手を叩く。

「贅は浅葱の操縦がうまいね。要するに、まだピクニックに参加できる体調ではないけど浅葱の性格だと、ぼくや双子ちゃんに気を遣って、無理をするかもしれない。で、浅葱の口から参加はしないと言わせるために、抱っこの話を持ち出したわけだ」

水瀬の説明に、浅葱は驚きを隠せなかった。

「贅はぼくを引っかけたの？」

「引っかけるとは、言葉が悪すぎる。私は本気で、抱っこさせる予定だった」

のうのうと宣《のたま》われて、浅葱も水瀬も言葉を失った。要するに厳しいことは言っても、贅はとことん甘いらしい。

「食えない男だなぁ。昔から好きな子には甘いくせに、口では意地悪ばっかり言うんだから。その癖、ほかの子には紳士的だし。訳がわからないよ。……まぁいいや。女性陣は、ぼくが責任持ってエスコートするよ。じゃあ、夕飯までには戻ってくるから」

そう言うと、水瀬も部屋を出て行ってしまった。二人きりになり、なんとなく居づらくなった浅葱は、小さく溜息をつく。

「私もそろそろ支度して出なくては。浅葱はひとりで大丈夫か」

「ぼく、庭を散歩してきてもいい？」

数日前から庭に出ることを許されていたので、そう賛に許可を求めると「いいよ」と、あっさり許された。

「上着を着ていきなさい。外はまだ寒い」

「はぁ～い」

先ほどの双子たちと同じような間の抜けた返事をして部屋を出ると、言いつけを守らず、庭に向かった。

寒いが風が気持ちいいし日差しもある。外套《がいとう》なんか暑くて着ていられない。

（まだ冬みたいに思っていたけど、もう、じきに暖かくなる）

広い庭園を歩きながら、小鳥の囀《さえず》りに目を細めた。仁礼家の屋敷は東京市の一等地にあるが、自然はまだまだ残っている。

（早く春にならないかな。梅が過ぎて桜が蕾《つぼみ》を膨らませるのが好きだもの）

そこまで考えて、「いけない」と呟いた。

（桜の蕾なんか、浅葱の記憶にはないよ）

ぼんやり庭園を見つめていると、玄関口から真崎が運転する自動車が見えた。後部座席には
レースのカーテンが引いてあるので、中の様子は見えない。それでも、浅葱は小さく手を振っ

て走り去る車を見送った。

あの車の中には、幸福が詰まっている。

葉室伯爵家の美しい姉弟と、仁礼家の可愛らしい双子たち。誰もが笑っていて、誰もが幸福だ。それは見ているだけで、こちらまで幸せになれる、楽しい世界なのだ。

「浅葱」

背後から声をかけられ振り返ると、そこには賛が立っている。手には毛皮の外套を持っている。彼はその外套を広げると、浅葱の肩にかけてくれた。

「上着を着ろと言っただろう。もしも風邪《かぜ》をひいたら、どうするんだ」

「この毛皮、どうしたの？」

手に触れるのは、しっとりとした毛並みの毛皮だ。黒い毛並みが、とても美しい。

「当家に出入りしている毛皮商に頼んでおいた。いい手触りだろう」

確かに触っていると、そのまま手が沈み込みそうな感触だ。しかし、こんな毛皮なんて高価だろう。思わず心配になってしまった。

「あの、……これ、高価《たか》いんでしょう？」

そう言うと賛は目を瞬き、次に苦笑を浮かべた。

「金の心配など、子供がしなくていい。きみに風邪を引かれるぐらいなら、私は出費するほうを選ぶよ。着心地はどうかな。温かいだろう」

「ぼく、子供じゃないよ」

「子供じゃないと言うのは、子供の証拠だ。それより毛皮の感触は？」

「うん……、すっごく温かい」

「そうか」

浅葱の答えを聞くと、賛は目を細めて微笑《ほほえ》んだ。少年が照れているときに見せるような、面はゆい表情だ。そんな賛を見ていると、浅葱も嬉しくなってくる。

こんなふうに二人でいると、とても幸せな気持ちになってくる。不思議だった。

（身体も心も、すごく温かい。……温かいって、幸せなことなんだな）

そんなことを思った瞬間、ふわっと賛の唇が浅葱の額に触れる。くすぐったくて身を竦める
と、可笑しそうに笑われる。

「なんて顔だ。まるで蜂が止まったような顔をしていたぞ」

「そ、そんなことないよ。蜂だなんて、失礼だよ」

「ほう。なにに対して失礼なのかな？」

「賛に失礼だし、ぼくにも失礼でしょう。ぼくに、っていうより、賛が好きで、その気持ちを
大事にしているぼくに失礼だ」

「そうか。揶揄《からか》って悪かった」

「え……」

改めたように賛は頭を下げると、浅葱の足元へと跪《ひざまず》いた。この突然の行動に、びっくりしたのは浅葱だ。なぜ彼が跪いたりするのだろう。

「なにをしているの。立って、立ってよ」

庭もテラスにも使用人の姿はないが、いつ彼らが姿を現すかわからない。焦って賛を立ち上がらせようとすると、彼は毅然《きぜん》とした表情で浅葱を見つめていた。

「いや。私はきみに、正式に気持ちを告白したい」

「気持ちって、なにを」

賛は浅葱の左手を取ると、そっとくちづける。そして、うっとりと囁いた。

「きみを、……いや、あなたを愛しています」

あまりにも思いがけない言葉と行動に呆然としていると、賛は浅葱の指にくちづけた。

「あなたが私を好きだと言ってくれたとき、世界が色づいたように美しくなりました。だから私も、この気持ちを伝えたかった。突然の告白を、どうか許してください」

「賛……」

突然すぎる愛の言葉に、浅葱はなにも言えなかった。

賛は膝をついた姿勢から立ち上がると、浅葱を抱きすくめた。

「あなたが愛おしい。とても大切に思っている」

そう囁くと、優しくくちづけられた。あまりに幸福すぎて、頭の中が蕩けてしまいそうだった。こんなに幸福になれるのは、もしかしたら夢かもしれない。

「嘉世子姫のことは、今晩、また話そう」

そう言われてハッとなる。そうだ。愛を告白されて夢見心地でいたけれど、なによりも大切な問題を忘れていた。

「嘉世子姫……、そうだよ。賛には大切な姫君がいるのに、どうしてぼくなんかを好きって言ってくれるの。どうしてぼくなんか」

浅葱がそう訊ねたのは、確認をしたかったからだ。

嘉世子姫よりも、浅葱が好きだと。この世のなによりも大事なのは、きみなのだと。

しかし、賛の答えは期待していたものとは、少し違っていた。

「私の大切な人が自分を『ぼくなんか』と貶《おとし》めるのは悲しい。どうか二度と言わないでくれ」

「だって」

「私は、愛するきみに誠実でありたい。そして嘉世子姫に対しても、不実な真似をして申し訳なかったとお詫《わ》びするつもりだ」

「ぼくに誠実って、どういうこと」

「きみに嘘をつきたくない。たとえ、きみが私に嘘をついたとしても構わないが、私は、それをしたくない」

「ぼくが嘘をついているって、どうしてそんなことを言うの?」

「浅葱は、もしかしたら記憶が戻ってきているんじゃないか」

贄がそう言った瞬間、浅葱は、ただ呆然とした表情で彼を見つめた。

「記憶が戻っているって、どうして」

「公爵と会ったとき浅葱は、あまりにも怯えていたから」

「……どうして」

「未だに記憶が失われ闇の中にいるにしては、公爵が来たときの怯え方は尋常ではなかった。きっと、なにか苦しいことがあって、公爵を拒んでいるのだと見受けられた」

贄の言葉をどう受け止めていいのか、浅葱にはわからなかった。

ただ、彼の言葉を認め肯定したならば、自分はもう、仁礼の屋敷を出なくてはならないということだけはわかっていた。

「ぼくの記憶が戻ったとしたら、もう、この家から出なくちゃ駄目だよね」

小さな呟きを贄が聞き逃すことはなかった。

「浅葱、きみはなにを聞いているんだ」

憤りを滲ませる賛の声に顔を上げると、彼は少し憮然とした顔で浅葱を睨《にら》んでいる。

「浅葱が当家にいる理由は、記憶を喪《うしな》ったことだけでない。身体の外傷のためだ。それが完治するまで、私はきみを外に出す気はない。なにより、大事な浅葱を、怖がっている男の許へなど返さない。過去のことなど、どうでもいいんだ」

「賛……」

「以前のことは知らないが、豪華な振袖に身を包んでいた揚羽《あげは》は、幸福だったのか」

その一言を聞いて、息が止まりそうになった。

揚羽。公爵が大事にしていたという、蝶の名を持つ少年。彼の名を呼ばれて、浅葱は言葉もなく賛を見つめた。

そこまで話をしていたときテラスの硝子《ガラス》戸が開き、執事の槇原が姿を現した。

「お話し中に失礼を致します。ご主人様、そろそろお支度をなさいませんと、園遊会に遅れてしまわれるかと」

そう言われて、賛は腕時計を見た。

「しまった。浅葱、私は出かける時間だ。この話の続きは、帰ってからだ。いいね」

早口でそう言う賛の様子を見て、これは本当に予定を大幅に過ぎているのだと悟った。

「うん。わかった。いってらっしゃい」

賛は頷くと、槇原と一緒にテラスから部屋へと入っていった。その後姿を見送りながら、浅葱は空を見上げて溜息をつく。

賛には、なにもかもお見通しだったんだ。

自分の中に浅葱と、そして揚羽がいることを。

そんなことを考えながら庭園を見つめていると、再び玄関口から自動車が見えた。賛が乗っているのだろう。その車にも手を振って見送った。だが、すぐに重い気持ちになる。

自分は。幸福な仁礼家に寄生している浅葱という害虫は、一体、なんなのだろう。

しばらくの間、物思いに耽《ふけ》った後、何度目になるかという溜息をついたそのとき。

「これはまた、艶っぽい吐息だ」

突然の声に驚いて振り返ると、そこには、いるはずのない人物が立っていた。

「公爵様、……どうして」

どういうわけか、近衛公爵が庭内にいた。これは一体、どういうことなのだろう。

気づくとテラス口に槇原の姿もあった。いつも感情を表に出さない彼だが、今日ばかりは困ったように眉を寄せている。

浅葱は安心させるように頷き、槇原へと近づく。

「急に申し訳ありません。ご主人様が外出されたあと、近衛公爵閣下がお見えになって、浅葱様にお会いしたいとおっしゃられまして」

冷静な執事が、困ったように頭を下げた。確かに公爵に来訪されたら、そのまま帰すわけにもいくまい。これは槇原も悩み抜いての結果だ。

「公爵のお相手は、ぼくがするから大丈夫だよ。槇原さんは仕事に戻ってください」

「本当によろしいので」

「うん、大丈夫。公爵にね、面白い話の続きを聞かせてもらう約束だったんだ」

「左様でございますか……」

どこかまだ信じ切れていない槇原をなんとか説き伏せて、屋敷の中に入ってもらった。

浅葱は再び、公爵と二人きりになった。

「おや、私は屋敷の中に入れてもらえないのかな」

「だって、ぼくは仁礼家の人間じゃないから。ぼくのお客を、お屋敷に入れたくない」

そう言うと公爵は、可笑しそうに唇の両端を持ち上げる。

「なるほど。私はお前の、招かざる客というわけだ」

公爵はそう言うと、浅葱の肩を抱き寄せた。身を引こうとすると、更に力を込めて引き込まれる。浅葱の表情は、まったく変わらない。

「そこに温室がある。あそこで話をしようじゃないか」

「話なら、ここでいい。手短にしてください」

「すぐに話はすむが、誰かに聞かれたら面倒だろう」

不敵に笑う公爵に逆らうこともできず、諾々と従い屋敷に隣接する温室へと入った。

この温室に入るのは浅葱自身も初めてだったが、由来は色々と聞いていた。先代の子爵夫妻の趣味で建てられた、モダンな温室だ。並べられているのは、西洋の花々や植物ばかりで、日本らしい草木はなかった。

その温室に入るなり、公爵は中をぐるりと見まわし頷いた。

「これは趣味のいい温室だ。見なさい、あの薔薇《ばら》の見事なこと。いい庭師がいるな」

冬だというのに満開に咲き誇る花を見て、公爵は嬉しそうだ。だが、浅葱はそんな気分になれるはずもなく、苦しそうな表情になるばかりだ。

公爵は花の香りを堪能《たんのう》するように顔を近づけていた。そして、その顔を上げずに囁く。

「賛さんの愛の告白は、嬉しかったかい？　揚羽」

揚羽と呼びかける公爵に向かって、浅葱は眼差《まなざ》しを向ける。その瞳は賛も上枝も下枝も、そして、仁礼に務める使用人の、誰ひとりとして知らないものだ。

「雅映《まさてる》は、いつもどこかで盗み見しているんだね」

そう言った顔は、いつもの物静かな浅葱のものではない。公爵を「雅映」と呼び捨てにする浅葱は、どこか妖艶ですらあった。

□□□

「賛との話を、どこから聞いていたの。ううん、それより、どうやってこの家に入ったの」

「この屋敷に車で入ろうとしたら、一台の車が門から出て行くところだった。そこで、ちょっと悪戯《いたずら》心が起きてね。門の外に車を置いて庭先から歩いて入ってみた。奥の門扉は鍵もかかっていなかったから、楽に入ることができたよ。仁礼家は警備が手薄だね」

公爵は口元に笑みを浮かべながら、浅葱を抱き寄せた。そして、首筋にくちづけてくる。

「中に入ってから見事な庭園を拝見していると、お前と賛氏が話をしていた。お前たちは話に夢中で、私のことなど気がつかなかったろう」

どこか嬉しげな公爵の様子に、浅葱は肩を竦めただけに留める。

「公爵閣下ともあろう方が、庭先で盗み聞きか。ご趣味がよろしくていらっしゃる」

わざと慇懃《いんぎん》な言葉遣いで訊いてやると、公爵は口元だけで笑う。

だが、彼の目は少しも笑っていなかった。

「その後、賛氏が屋敷を出て行ったので、改めて玄関に回り、来客として呼び鈴を鳴らしたというわけだ」

浅葱は困ったように、肩を竦めてみせた。

「賛氏は、実に初々しく可愛らしい青年だ」

公爵の腕に抱きしめられていた浅葱は、「ふぅん」と気のない返事をする。

「お前の過去など、どうでもいいと言った。彼には下心などない。善意だけだ」

公爵は、面白くて仕方がないといったふうに唇の両端を上げる。悪魔的な微笑だ。

「彼には揚羽がわからないのかな。男に汚されて日々の糧を得る色子だと、理解していなかったのかもしれない」

人の自尊心を踏みにじる言い方をする公爵の悪趣味さは、まさに外道だろう。

底意地の悪い言葉を聞いても、浅葱は表情さえ変えなかった。そんな様子を見た公爵は、形のいい眉を片方だけ上げた。

「無反応か。面白くない。私は苦悩に歪むお前の顔が、たまらなく官能的で好きなのに」

素っ気なく言うと、くすくす笑った。彼がこんなふうに笑うのは、珍しいことだ。

浅葱は面倒そうに溜息をつくと、静かな声で言った。

「賛に拾われた日、ぼくは、あなたに命じられて、他の男の人たちと寝た。あなたは椅子に座って洋酒を飲みながら、ぼくが他の男に犯されるのを黙って見ていたね」

「面白い趣向だったが、お前の反応はつまらなかった。最初は泣いて嫌がっていたのに、すぐになにも言わなくなった。お前の悲鳴が聞けるかと楽しみだったのに」

「変なものを飲まされて、力が抜けたんだよ」

「ああ。あれは渡航したときに買った媚薬《びやく》だ。また使って遊ぼうか」

そう言う公爵の声を聞きながら、浅葱は苦々しい思いを飲み込むのが精一杯だ。

彼と話をしていると、記憶がどんどん鮮明になってくる。

あの日、自分は数人の男達に凌辱された。嫌だと泣いても無駄だった。

途中で怪しげな薬を飲まされた瞬間、頭の中がドロドロになった。途中で誰かの性器で口を塞がれ、他の男の性器で身体を貫かれた。

その醜悪な快感を思い出すと、今でも身体が震えてくる。

すごく気持ち悪かった。すごく気持ちよかった。何も考えられなかった。何かを必死で考えた。でも、答えなんか出なかった。

(思い出しちゃ駄目だ。しっかりしなくちゃ。……しっかり)

浅葱は唇を噛《か》みしめ、公爵を見た。彼は浅葱の様子に気づかず、話を続けていた。

「見事な振袖姿のお前が、何人もの男に犯されている姿は、とても卑しく淫らで、そして美しかった。出入りの日本画家に、描かせたくなるぐらいにね」

「雅映はおかしいね。そんな絵を描かせてどうするの」

「春画の美しさと一緒だ。婀娜《あだ》という美だよ」

まだ言い募る公爵に、浅葱は眉を寄せる。自分が穢《けが》された話など楽しいはずがない。

人として大切なものが欠けている公爵と、人として必要なものを持たない浅葱と。どちらが醜くて、哀れな生きものだろう。どちらが悲しくて無様なのだろう。

しばらく考えたが、答えは出ない。

「まだ仁礼家を離れないというのなら、私にも考えがある」

「考え?」

「子爵風情を取り潰すのは、私にとって容易いことだ。なにか不祥事が発生したら、子爵程度の家柄は、すぐ平民に格下げになる。そうすれば彼の家族も使用人たちも、路頭に迷うだろう。これも面白い趣向かな」

とんでもない計画を聞いて、浅葱は大きな声で笑った。仁礼家では誰も聞いたことがない、朗らかな笑い声だ。

「本当に雅映は悪趣味だ」

「なんとでも。当家にとって旧小藩あがりの子爵など、取るにも足らぬということだ」

改めて言われて、気持ちが昏くなる。確かに子爵風情など、親王諸王より臣位に列せられた公爵にとって、位が低すぎるのだろう。

「もう、いいよ。子爵家の生活って思っていたより質素で面白くないし、飽きちゃった」

そう言うと公爵は嬉しそうに笑い、抱きしめる手に力を込める。

「悪い子だ。だが、それでこそ揚羽だ。お前の可愛らしさに、私は夢中だよ」

「別に……、ただ子爵家なんかより公爵家の生活のほうが、面白いかなって思っただけ」

素っ気なく言うと浅葱は肩を竦めた。

「大切な王子様から引き離されたお前は、きっと絶望に嘆くだろう。その泣き声は私にとって、たまらない愉悦だ」

王子様と言われて浅葱は一瞬だけ首を傾げたが、すぐに賛のことだと思い至る。

「王子様ね……」

「そう。賛殿は健やかで美しく、物語で称《たた》えられる王子様のような存在だ。お前とは、まるで不釣り合いの青年だよ。お前がいるべき場所は、ここではない」

「残念だけど、嘆かないよ。賛は別に、ぼくの王子様じゃない」

冷ややかな声でそう言うと、公爵は「それでもいい」と囁いた。

「私の可愛い揚羽。お前は私だけのものなんだ」

8

貧しい農家に生まれた子供は、幼少時に口減らしのために人買いに売られた。

初めは外国の、どこかの金持ちに売られるはずだった。だが人買いの気が変わったらしく、売り先が遊郭へと変更になったのだ。

売られた遊郭では揚羽と名付けられ、振袖新造《ふりそでしんぞう》として仕事を与えられた。禿《かむろ》上がりの見習い遊女が割り当てられる振袖新造。少年だった揚羽は顔立ちが整っていたため、特別にこの役目につくことになった。

客を取らずに花魁《おいらん》の身の回りの世話をすることが主な仕事だが、幼い揚羽は花魁にも客にも可愛がられた。

だが、どれほど可愛がられても、しょせんは遊郭。見目のいい子供は客を取らされ、悪い子は下働きとして働かされる。揚羽も例外ではない。

遊郭に出ていない揚羽の水揚げは、恐れ多くも公爵が自ら行った。

水揚げのとき、公爵は揚羽を優しく抱きしめ、とても紳士的だった。痛いことも、いやらしいこともしなかった。

ただ優しく揚羽の性器を撫で擦り、快感に導いただけだ。水揚げとは本来、娼婦《しょうふ》や芸妓遊女の処女を喪失させることを言うのに。

だが公爵はなにもしなかった上に、水揚げ後、揚羽の身請けを申し出たのだ。これは、前例がないことだった。

遊郭にしてみれば思わぬ収入になったと大喜びだ。格安で手に入れた男の子を、公爵が相場の金額以上で身請けをしてくれるのだから。

年季の途中であろうが関係ない。置屋に相当額を支払えば、身請けができるのだ。話はあっという間に纏《まと》まる。揚羽の意見など、誰も求めてはいなかった。

遊郭を出るとき、揚羽がずっとお世話をしていた花魁が、お祝いにとお金を包んで渡してくれた。いきなり大金を貰《もら》って、揚羽は目を見開いてしまった。

花魁はそんな様子に目を細めていたが、囁くように呟く。

『いいかい。どんなに優しくされても、金で買われたことを忘れちゃいけない。人間を買うような男を、間違っても信じちゃいけないんだよ』

いつも優雅で優しい花魁が、厳しい目で教えた言葉が、突き刺さるようだった。そうだ。人間を買う男を、信用してはいけない。優しく微笑みながら人の心を食い荒らす悪魔は、いくらでもいるのだ。

でも、身請けされて連れていかれた公爵家は、今までいたところとは別世界だった。東京のお屋敷町に建つ、お城のような豪邸。傅く使用人たち。慇懃だが主人を心から敬愛する執事。見たこともない高級な外車。遊郭で働いていた子供には、夢の世界だ。

案内された揚羽の部屋は、美しい硝子細工で造られた飾り物や、溢れんばかりの花で飾られていた。出された西洋食など、生まれて初めて食べた。

絹のシーツに触れたとき、これが本当の幸せなのか考えた。手放しで喜べるほど子供ではなかったからだ。

ただで物をくれる人はいない。誰もが汚い欲望を隠し持ち、なにかを要求する。花魁の言葉が脳裏に甦る。

『人間を買う男を、間違っても信じちゃいけないんだよ』と。

そして予感は的中し、揚羽は毎夜の伽《とぎ》を申しつけられた。嫌と言えるはずもなく、寝台の上で色々なことをされた。いわゆる、変態的な行為だ。

縛られて、犬のような恰好をさせられた。そのまま背後から貫かれて、気を失いそうになった。どんなに痛いと泣いても、許してもらえなかった。

泣けば泣くほど公爵は喜び、浅葱を押さえつけて男の欲望を深々と打ち込んだ。

それでも数年の間は、公爵の気持ちは新しい愛人となった揚羽だけに向けられていた。毎夜のように抱かれて、睦言《むつごと》を囁かれた。そのうちに、段々と警戒心が解けてくる。

(もしかしたら、この人は自分だけを大事にしてくれるのかな)

(もしかしたら、この人だけは信じてもいいのかな)

でも、花魁の言葉は間違っていなかった。公爵は間もなく新しい玩具《おもちゃ》に飽きてしまった。愛を囁くより、より刺激的な遊びを思いついたのだ。

あれは、屋敷の地下室でのこと。

逞《たくま》しい男たちが何人もいた。その男たちに怯えて公爵にしがみつく揚羽に、彼は、うっとりと見つめて言い放った。

『揚羽、お前はこれから、この男たちに虐《いじ》めてもらうんだ。きっと愉《たの》しいよ』

その言葉は嘘じゃなかった。何人もの男が笑いながら、揚羽を代わる代わる凌辱した。やめてくださいと何度も頼んだが、聞き入れてもらえなかった。

名前も知らない男たちに何回も犯され、何度も吐精《とせい》されたとき、なにもかもが狂っていた。

男たちの精液に汚された揚羽を見て、公爵は嬉しそうだった。

『お前の嘆きと絶望は、なんて心地いいのだろうね。まるで天上の音色だ』

甘い声で囁かれるのは、浅葱にとって絶望に満ちた言葉ばかりだった。

□□□

「公爵が、当家にお見えになったというのか。私はなにも聞いていないぞ」

廊下のほうから、賛の戸惑った声が聞こえる。彼がこんな大きな声を出すのは、めずらしい。それに続いて執事の、戸惑った声が続いた。部屋の扉を開け放してあるから、普段は聞こえない話し声が、はっきり聞こえる。

「はい。私も公爵閣下のご来訪は伺っておりませんでしたので、驚きました。さりとて、お帰り願うわけにも参らず」

「お前に非はない。あれだけの高位なお方だ。屋敷に上げて当然だろう。それで？　公爵は、もうお帰りになられたのか」

「はい。いらっしゃったのは、ほんの十数分でございました。公爵様は、ご自分の運転されるお車でお帰りになられました」

「浅葱はどうしている？　先日は公爵に怯えていた。さぞや怖がったのでは」

「いえ、それが」

槇原の言い淀む声が聞こえた。先ほど愛想よく公爵を出迎えたのが、不審だったのだ。

「浅葱様は『閣下に面白い話の続きを聞かせてもらう約束だった』とおっしゃられました。ですから、私もそれ以上は差し出がましいことは、申せませんでした」

廊下の話し声が、どんどん近くなった。賛の戸惑いも、こちらに伝わってくるようだ。

浅葱は部屋の隅に置かれた鏡を見ながら髪を整え、唇をキュッと嚙む。こうすると唇が赤くなって、顔色がよく見えると教えてくれたのは花魁だ。

浅葱は鏡に映る自分の姿を見て、にっこり笑う。

「お前は浅葱じゃない。揚羽だ。……いいな、揚羽だよ」

そう呟き振り返った瞬間、賛が部屋の中に入ってきた。それを横目で見やった浅葱は、くるりと振り返ると微笑んだ顔のまま賛を迎え入れる。

「おかえりなさい、賛」

にこやかに迎えると、賛は怪訝《けげん》な眼差しを向けてくる。浅葱がこんなに愛想がいいのが不思議なのだろう。槇原は廊下に控えているのか、中には入ってこない。

「……ただいま。どうして扉を開けっ放しにしているんだ？」

「賛が帰ってきたら、すぐにわかるようにと思って」

まだ不可解な顔をする彼に、浅葱は愛嬌《あいきょう》ある顔で出迎えてやった。

「このお屋敷は石造りだから、壁が本当に厚いんだもの。廊下の声が聞こえづらいよ」

「ほう。いつもは私が扉を開くと不安げな顔で縋るような顔をしているのに、今日は出迎えてくれるのか。大した進歩だ」

よほど浅葱の態度が気になるらしい。眉を寄せて話す賛は、いつもの貴公子然とした彼にしては珍しいものだった。

「うん。進歩したでしょう。ぼくね、記憶が戻ったんだ」

「なんだって？」

きつい眼差しで睨みつけられたが、浅葱は怯《ひる》むことなく笑顔のままだ。それは、いつも怯えているような浅葱では、絶対に見られない顔だった。

「記憶が戻ったんだよ。ぼくの名は揚羽。雅映の揚羽」

「信じ難いな。それに、雅映とは誰のことだ」

「わからない？　近衛雅映公爵閣下だよ。公爵の名前も知らないなんて怠慢だ。おじさん、そんなんじゃ出世できないよ」

いきなり「おじさん」呼ばわりされた賛は、またしても眉間の皺が深くなる。

「公爵のお名前は、もちろん存じ上げている。だが、友人のように呼び捨てにされると、対応できない。きちんと公爵とお呼びしなさい。浅葱、きみと公爵とでは、身分が違うんだ。これは大切なことだよ」

「おじさん、若いのに頭が固いね。何度でも言うけど、ぼくの名前は揚羽。近衛公爵に寵愛されていた揚羽って言えば、わかりやすいかな」

そう言うと賛は扉の向こうにいる槙原に、「下がってくれていい」とだけ言うと扉を閉め、部屋の中に入ってきた。そして椅子に腰をかける。

「信じがたいな」

浅葱はそれを聞いて、明るく笑った。とても無邪気な笑い声だ。

「あははっ、おじさん面白い。信じがたいなって、お侍さんみたいな話し方だね。芝居小屋で観たことあるよ。でも、記憶が戻ったのは本当。信じてよ」

「今朝まで、きみは浅葱だった。私と大切な話をして、涙ぐんでいた子だった。それが、所用から戻ってきたら、今度は揚羽だと言う。狐《きつね》につままれた気分だ」

「ふーん。そんなこと、あるんだねぇ。ぼくは記憶を失う前の揚羽と、失ってからの浅葱の記憶が両方あるんだ」

どれだけ明るく話していても、賛の鋭い眼差しは揺らがないままだ。浅葱は全く頓着することなく、明るく言い放つ。

「記憶が戻ったので、もう公爵のお屋敷に戻ります。今まで、お世話になりました」

賛は浅葱の一言を聞いた瞬間、椅子から立ち上がった。そして浅葱の両肩を、大きな手で摑んだ。浅葱の口から、思わず悲鳴が漏れる。

「乱暴はやめてよ。なにをするんだ」

「きみが嘘ばかりつくからだ。何を考えて、そんな嘘ばかり言う！」

「やめて、痛い、放してってば！」

思わず大声を出すと、賛はハッとしたように両手を引く。

「すまない。乱暴するつもりはなかったんだ」

困り果てたような賛の声を聞いて、浅葱は眉を顰《ひそ》めるばかりだ。

「酷いなぁ。おじさんみたいな身体の大きな人に摑まれたら、腕が折れちゃうよ」

嫌みたらしい言葉に言い返すこともせず、賛は項垂《うなだ》れるばかりだ。

「失礼いたします」

そのとき、扉をノックする音と共に、槇原が入室してくる。

「なんだ。まだ呼んでいないぞ」

厳しい声で賛が答えると、槇原は深々と頭を下げる。

「申し訳ございません。近衛公爵家から、浅葱様のお迎えにと車が来ておりますが」

「なんだと」

贇の表情が、更にきついものになる。だが、当の浅葱は全く変化がない。

「迎えの車が来たんだね。じゃあ、ぼくは公爵家に帰るよ」

「浅葱……」

信じられないものを見る目つきで、贇は浅葱を見つめた。それも当然だ。あれだけ公爵に怯えていたことも、記憶に新しいのだ。

「あ、ぼくの着物とか私物があったら、ぜんぶ捨てていいよ。なにもいらないから」

軽々と言うと、浅葱は未練も残さずに部屋を去ろうとする。だが、

「双子ちゃんたちは、まだ帰ってこないのかな」

その呟きを、傍に控えていた槇原が耳聡く聞きつけた。

「本日はピクニックの後、葉室家にお寄りになられますので、お帰りは遅いかと存じます」

静かな声に浅葱は、「そうなんだ」と呟いた。

「まぁ、ぼくには関係ないけどね。じゃあ今度こそ本当に、さようなら」

まったく未練など見せずに、浅葱は部屋を出ると玄関へと歩き出した。

まだ歩くのは上手《うま》くないが、構わず歩いた。人が見たら、おぼつかない歩き方だと言われるかもしれないが、それでも歩く。途中、美東が驚いた顔で自分を見ていたが、目には入れないようにした。

「揚羽様。お待ちしておりました」

玄関を出ると公爵家の運転手が待ち構えており、浅葱に向かって頭を下げた。それに対して頷いてみせる。今までの浅葱とは思えぬほど、自信に満ちた表情だ。

「お荷物はございませんでしょうか」

遠慮がちに訊かれて、笑いだしそうになる。荷物なんか持っていない。自分は、なにもない。なんにもだ。

「荷物はないよ。もう公爵家へ行って」

「かしこまりました」

窓に目を向けると、玄関には槇原と美東が出てくるところだった。浅葱は彼らに軽く手を振り、すぐに前を向く。

幼い姉妹たちに最後の挨拶をしたかったが、それも無駄なことだと思った。

無駄。そう、なにもかもが無駄。無駄なのだ。

やっぱり、自分は生きている価値がない。

思わず笑いが浮かぶ。いっそ大声で笑いたい気持ちだった。

意味がない。自分には、生きている意味がない。皆無だ。

そのとき、運転手が前を向いたまま「なにか、おっしゃいましたか?」と訊いてくる。それにも浅葱はにこやかに答えた。

「ううん。久しぶりに公爵家に戻るから、嬉しくて。早く帰りたいな」

そう言うと運転手も「左様でございますか。お楽しみでございますね」と答えてくれる。浅葱はそれを聞いて、歌いだしたい気持ちだった。

自分はこれから、牢獄《ろうごく》へ行く。自ら囚われに行くんだ。公爵家という豪奢な館へ。公爵という貴人の皮をかぶった、悪魔の住む城へ。

楽しみで楽しみで、胸が躍るようだ。

汚れている自分には、歪んだ世界がお似合いなのだと思うと、笑いが止まらない。自業自得という言葉が、これ以上ないぐらいぴったりだった。

□□□

「お帰り、揚羽。お前が戻ってくるのを、心から楽しみにしていたよ」

近衛家に到着した浅葱を待っていたのは、公爵とたくさんの使用人たちの出迎えだった。その対応に、思わずうんざりしてしまう。

「こんな大層な出迎えなんか、いらなかったのに」

「私の大事な揚羽の帰還だ。出迎えは当然だろう」

近衛家の使用人たちは、皆一様に無表情のままだ。不愛想なのではなく、感情を出してはいけないと仕込まれているからだった。

そんなところも、仁礼家とは違っていた。あの家は小さな子供が二人もいるせいか、いつも邸内は賑《にぎ》やかで笑い声が絶えず、光に満ち溢れていた。

「ふぅん。とにかく、今日は疲れたから休みたい。話は明日にしていいでしょう」

稚児の身でありながら、浅葱の態度は横柄だ。だが、公爵がそれを許し、楽しんでいるのだから、誰も文句など言えるはずがない。

「それで結局、お前はどんな理由をつけて、仁礼家を出てきたんだ?」

めずらしく公爵は、好奇心を持ったらしい。

「理由? 記憶が戻ったから、公爵の許に帰るって言っただけだよ」

公爵の舐《な》めるような目つきが嫌で、浅葱は少し早口になる。

「子爵家にいる理由がないからって。あの家は子爵の妹がまだ幼くて喧《かまびす》しいし、特に贅沢《ぜいたく》をさせてくれるわけじゃない。要するに、飽きちゃったってことだよ」

そう言う浅葱の顔を公爵が眺めながら「お前は嘘が下手《へた》だ」と言った。

「嘘って? 誰が? どうして嘘を?」

「お前は怯えると、すぐに人に噛みつくね。まあいい。そんなところも可愛い。ちゃんと帰って来たのだから、仁礼家取り潰しのことは、ひとまず許してやろう」

自分の顔色が変わりそうになるのを必死に耐え、浅葱は唇を噛む。

なにもかも公爵はお見通しなのだ。それでも、浅葱は演技を続けるしかない。賛を守るためには、こうするしかないのだ。

「まぁね。一応は世話になった家だから、取り潰しは酷いなって思ったよ。でもそれだけだ。どうでもいいよ」

浅葱は公爵を睨《ね》めつけると、まったく悪びれない様子で肩を竦める。

「おや。お姫様は、ご機嫌斜めだ」

公爵にそう言われて、以前、賛にも「お姫様」と呼ばれたことを思い出す。呼ぶ人が違うだけで、こんなにも気分が変わるものか。

「お姫様って呼ぶのは、やめてくれる？　気分が悪い」

高飛車に言い放っても、公爵はまったく気分を害さない。むしろ嬉しそうな顔だ。

「それは失礼。お詫びに、素敵なニュースをお知らせしよう。仁礼家と葉室家の挙式が、来年に決まったそうだ」

それを聞いても、浅葱の表情は変わらない。むしろ、無表情すぎた。

「ああ、そう。おめでたいね。でも、ぼくには関係ないし」

「これはまた、冷たい反応だ。先ほどまで滞在していた仁礼家の華燭《かしょく》の典なのに」

「もう仁礼家に行くことはないし、興味もない。じゃあ、もう休みたいから」

公爵に対する態度とは思えぬものだったが、当の公爵は気を悪くした様子もない。

「揚羽らしい、つれない態度だな。せっかく公爵家に帰ってきたのだから、私に感謝の奉仕をしてもいいいんじゃないかな」

「感謝の奉仕？　廊下でも磨けっていうの？」

「いいや。今すぐ跪いて私の足を舐め、公爵様のお屋敷に迎え入れてくだすって、ありがとうございましたと言うんだ。そして、感謝を表すために身体も自由にさせるとかね」

露骨で下品すぎる提案に、浅葱は心底うんざりした顔をしてみせる。

「すてきに卑しい提案を、どうもありがとう。でも、今日はもう本当に疲れた。あんたのものを、しゃぶるのは明日にして」

そう言うと、公爵は笑い声を立てる。

「これはまた、痛快だな。まぁ、いい。部屋に戻りなさい」

公爵はブザーを鳴らし使用人を呼ぶ。そして、「揚羽を部屋までお連れしろ。丁重にね」と言った。三階の客間に連れていかれた浅葱は、部屋に置かれた長椅子に腰をかける。

「それでは、失礼いたします」

部屋まで送り届けた使用人は頭を下げて、部屋を出て行く。扉が閉まると、すぐに施錠の音が響き、廊下側から鍵をかけられた。要するに、閉じ込められたのだ。

予想通りの対応に、浅葱は肩を竦めるばかりだった。

小さく溜息をつくと窓を開けるために、部屋の中を横切った。広い客間は贅沢にできていて、隣が寝室で大きな寝台があるのは知っている。

以前もこの部屋で寝起きをして、公爵に抱かれていたからだ。

「寒い」

季節は真冬。しかも日が暮れているのだから、寒くても当然だ。当たり前のことを呟く間抜けさに、笑いが浮かんでくる。

だが、それは笑顔ではない。唇の端を歪めただけだ。

(公爵家は豪華で、どこもかしこも金がかかっているけど、静かだ)

薄《うっす》らと思いながら、仁礼家に思いを馳せる。

「贅に逢《あ》いたいなぁ。あ、双子ちゃんや水瀬にも」

仁礼家を出て、まだ一日と経っていない。それなのに、もう自分はあの家が恋しい。皆のいる場所に戻りたがっている。

「そんなこと、できるわけないか」

大事にしてもらったのに、自分自身が後ろ足で砂をかける真似をした。こんな人間のことを、誰もが眉を顰めるはずだ。そう、どんなに幼い双子たちだって。

「双子ちゃんに嫌われたら、……つらいなぁ」

場違いな思いが胸を締めつける。自分は、あの家でとても幸せだったからだ。

仁礼家の生活は、常に明るかった。可愛い双子たちの声と賛の姿。執事や美東も皆がよくしてくれた。客人である水瀬や嘉世子も、浅葱を普通に扱ってくれた。

『子爵風情を取り潰すのは、私にとって容易いことだ』

またしても公爵の笑い声が甦る。嫌な響きの声だった。

『なにか不祥事が発生したら、子爵程度の家柄は、すぐ平民に格下げになり、路頭に迷う』

そんなことは駄目だ。賛や双子たちが路頭に迷うなんて、絶対に駄目。

（賛。賛。あなたは、ぼくが守る。雅映という美しい悪魔に喰《く》われないように）

そう思った瞬間、ふと虚しさが過ぎった。自分の身体の中が、空洞になったみたいだ。

賛を守りたいと思った瞬間、心の奥底に悪魔が生まれ出る。

――お前がいなければ、それでいいんだよ。

――お前がいるから、公爵は仁礼家を取り潰そうとするんだ。

――――お前がいなければ、公爵は仁礼家の爵位を剝奪なんかしない。

悪魔は優しい声で囁き、浅葱をゆっくりと捕らえていく。

お前がいなければ。お前がいなければ。お前さえいなければ。

浅葱の目前に広がる暗闇が、甘やかな褥《しとね》のように誘ってくる。それはとても、魅力的な幻影だった。そう。そう。死の誘惑というやつだ。

そう。自分には意味がない。

公爵家の屋敷で飼われている揚羽には、なんの意味も価値もない。

心の奥底でそれに気づいていたから、だから記憶が戻っていないフリをしていたのだ。浅葱が生きているから、贅に迷惑がかかるのだ。

何時間そうして椅子に座り込んでいただろうか。

浅葱は立ち上がると三階の窓を開き、下を覗き込む。間もなく明け方になろうとしていた。空は薄らと明るくなっている。薄明の空を見上げながら涙が頰を伝った。

(もう、いいか)

(なにもかも、もういいや)

頰を濡らす涙を拭うこともせず、窓枠に手をかけて身体を起こす。いずこの華族令嬢が三階から飛び降り、自害を果たした話が脳裏を過ぎった。

（ぼくを泥人形のように扱って犯した男たちは、ぼくが死んだら、どう思うのだろう）

そんな思いが湧いたが、笑い話としか思わないだろうなと思い直す。

色子ひとりが生きようが死のうが、誰も関知しない。誰も関わらない。誰も気にしない。

――――そう、誰も気にしない。

（もう、いいかな。もう、いいよね。……うん、もういいんだ）

ずっと死にたかった。ずっとずっと、もう生きていたくなかったんだ。

そこまで考えて、「あ」と声を上げた。

「ずっとじゃないか。賛の傍にいたときは、違っていたもん」

賛と一緒にいられた日々は違う。自分の存在を認めてもらい、家族のように大切にされた日々は、泥人形じゃなかった。

そうだ。人間として、大切な人として扱ってくれていた。

おいしい食事を食べさせてもらった。おいしい水を飲ませてくれた。双子たちと遊んだ。賛と抱き合った。抱き合って、くちづけた。

色々と考えながら視線を落とすと、目に映るのは窓枠を摑んだ自分の手。

青筋が立つほどの力で握りしめ、乗り越えようとしている身体。寒風に煽られて冷え切ってしまった肌。

ものすごく変なことをしているとようやく気づき、ゆっくり左右を見た。自分は、どうかしていたのか。

（どうして窓から身を乗り出しているの）

（どうして窓枠をすごい力で握りしめているの）

（どうして頭と心が、こんなに痛いの）

ガンガン痛む頭を押さえた。錯乱していたことが、ゆっくり浸透してくる。目の前に広がる闇は、地獄に堕《お》ちる自分を待ちかねているみたいに禍々《まがまが》しい。

そのとき。廊下を走るような足音が響いた。この公爵邸で、このような無作法は許されないというのに。浅葱が顔を上げたのと、扉が開いたのは同時だった。

開放された扉の向こうには、賛が立っていた。

9

「浅葱。なにをしているんだ」

先ほど使用人が鍵をかけていたのに、どうして扉が開いているんだろう。

浅葱はどうでもいいことを、一生懸命考える。

どうして賛はここにいるんだろう。

どうして当たり前のように、自分の名を呼んでいるんだろう。

「そんなふうに身を乗り出していたら、危ないよ。こちらにおいで」

賛は浅葱に向かって、大きな手を差し出した。いつも浅葱を抱きしめて、優しく撫でてくれた手だ。あの手に抱かれると、本当に安心できた。

「賛、ぼくは……」

「さぁ、こちらに来なさい。この寒いのに窓を開けていたら、身体が冷えてしまうよ。こちらにおいで。私の腕に来るんだ」

落ち着いた声で言われて、身体の冷たさに今さらながら気がついた。

寒い。とても寒い。

目の前には、自分に向かって差し出された賛の手がある。大好きな賛の、大好きな掌《てのひら》だ。

無意識のうちに、浅葱も手を伸ばす。冷たくなった指が、賛の指先に触れる。温かい、血の通った指先だ。

「賛……」

囁くように名を呼んだ瞬間、指先を摑まれる。え、と思った途端に引っ張られて、勢い余って賛の胸に抱きしめられてしまった。

賛の背後から現れたのは公爵だ。彼は絹のブラウスを優雅に着こなし、いつも通りの美しい姿だ。だが、なぜここに公爵がいるのかわからない。

「勝手に死ぬことは許さない」

囁く声に顔を上げると、きつい眼差しをした賛が自分を睨むように見ていた。

「扉、さっき閉められたのに、どうして開いているの。ううん、それより、どうしてこんなところにいるの、ここは公爵のお屋敷なのに」

そう質問すると、賛は大きな溜息をついてしまった。

「この状況で、そんなことが気になるとは大物だ」

そう言うと抱きしめている腕の力を強め、浅葱の髪に顔を埋めた。

「何度でも言うよ。勝手に死ぬことは許さない」

「死ぬって……」

「きみは私のものだ。未来永劫、私の傍を離れることは許さない。もちろん、私を置いて死ぬことも許されない」

優しい声でそう言われて、なんだか張りつめていたものが、解《ほど》ける気がした。

「賛、ごめんなさい」

震える声でそう言うと、自ら賛の首にしがみついた。

何度も繰り返し謝っていると、涙が溢れて止まらなくなる。それが恥ずかしくて賛の肩に顔を埋めると、すぐに背中を抱きしめられた。

「ぼくね、汚いんだ」

突然の呟きに賛が顔を覗き込んでくる。それが恥ずかしくて、彼の瞳が見られない。

「汚いとは、また抽象的な表現だ」

「ちゅうしょうって、意味がわからないけど、ぼくが言いたいのは、ぼくが賛の傍にいられないぐらい、汚れて醜いってことだよ。汚いものは嫌いだって、雅映に言われたことがある」

必死の思いでそれだけ言うと、またしても大きな掌が浅葱の髪を掻《か》き乱す。

「汚くない人間はいない。誰でも闇は抱えている。もし、自分は汚れていないと主張する者がいたら、それは自分が見えず、他人を許すことができない矮小《わいしょう》な人間だ」

あっさりと言い返されて、なにも返せなくなる。自分がなにも持たない、本当に弱く小さな人間だと思い知らされた気持ちだったからだ。

そのとき、いきなり拍手の音がした。浅葱が顔を上げると公爵が扉に凭《もた》れながら、おざなりに手を打っている姿が目に入る。

(そうだ、公爵がいたんだ)

賛と熱く抱擁しているところを見られたのだ。恥ずかしくて、顔から火が出そうになる。だが公爵は浅葱の羞恥など、まったく構わないようだった。

「どうぞ、私に構わず続けてください。実に美しく健気な場面だ。素晴らしい」

そのふざけきった賞賛の声を聞いた賛は、抱きしめていた浅葱の身体を離し、公爵の前へ歩み出た。そして彼の頬を、大きな音を立てて叩いてしまった。

公爵はもちろん、浅葱も呆気《あっけ》に取られて言葉もない。公爵の頬を子爵が打つなど、ありえないことなのだ。

「賛、なんてことをするの……っ」

慌てて間に入ろうとする浅葱を賛は振り返ることなく、ふたたび公爵の頬を打った。

打たれた公爵は声もなかった。だが次の瞬間、いきなり笑い出した。

「突然なにをするかと思えば、私を打つか。きみは怖いもの知らずだな」

だが賛は慌てる様子もなく、無言で公爵を見つめている。その眼差しは厳しいものだ。浅葱はハラハラして成り行きを見守るしかできない。

「きみはなにも、わかっていない。いいかい、揚羽はこの屋敷で私に何度も抱かれた。何度も何度もだ。この家を出て行った夜には、私の前で、複数の男に嬉しそうに抱かれていたんだよ」

「謝ってください」

公爵のふざけた言葉を遮るように、賛は凜《りん》とした声で言う。

「謝る？　誰が誰に、なぜどうして謝るのか。ちゃんと説明してくれないとね」

二度も頰を叩かれたというのに、公爵はまったく態度を変えない。目の前で謝罪しろと言う若き子爵を、彼はじっと見つめた。

この時代、公爵に向かって子爵がこのような口をきくなど、考えられなかった。状況いかんでは、投獄されることもあるのだ。

「浅葱は私の大切な人です。公のお言葉で揺り動かされ辱めを受けるのは、見ていられない」

賛はそう言いながら、公爵から目を逸《そ》らさなかった。どのような処分を下されてもいいと、覚悟の上なのか。

「面白い意見だ。続けたまえ」

揶揄する口調で笑う公爵に、賛は眉を寄せる。

「なぜ浅葱を、あなた以外の人間に抱かせたのですか。浅葱が、どれだけの苦痛と衝撃を受けたか、想像できませんか。浅葱はあなたを許しているかもしれないが、私は許せない」

「賛、もういいよ。もうやめて」

「いいや、だめだ。きみに対し正式に謝ってもらうまで、私は帰らない」

賛は毅然とした態度で公爵を睨みつける。だが、そんな眼差しを向けられても、公爵はまったく意に介していないようだった。

「きみは本当に潔癖な男だね。実に好ましい。それなのにこんな汚い蝶のために、私に手を上げるとはおもしろい。潔癖な男が、汚れた蝶を拾って愛したのか。傑作だ！」

公爵は声を上げて笑い出した。いつも優美で冷静な公爵とは思えぬほどの、笑い声だった。

その彼を見て、賛はぎりっと奥歯を噛み締め、公爵に詰め寄った。

「これ以上、私の浅葱を冒瀆《ぼうとく》するのは、やめていただきましょう」

「私の浅葱？　ふふっ、賛くん。きみは本当に、素晴らしい青年だ。実直で純情で、それゆえに繊細で、己の愚かささえわからぬ善良な男だよ」

笑いをおさめた公爵が、賛ではなく浅葱に向かって口を開いた。

「揚羽、お前はどうしたい？　こんなに面倒を起こして」

公爵の低い声に、浅葱の細い身体が震える。なんて答えるのが正解なのか、浅葱にはもう、わからなかった。

「お前の返答いかんによっては、子爵家の存続が決まるかもしれぬ」

その一言で新たな緊張が走った。そうだ。子爵家の存続。

公爵は『子爵風情を取り潰すのは、私にとって容易いことだ』と言った。彼にとって、造作もないことなのだ。

この騒動の発端は遊郭あがりの揚羽との恋愛沙汰だ。このような不祥事、子爵程度の家柄ならば平民に格下げされてもおかしくないと言われたではないか。

なにより賛は、公爵に手を上げてしまった。不敬罪で投獄される可能性もある。

公爵のところに戻れば賛の家は取り潰されないですむと思ったのに、事態はますます悪化の一途をたどっていた。

自分が折れればいいのか。公爵に頭を下げて、あの奴隷のような生活に戻れば、すべてが丸く収まるのだろうか。

じりじりと胃が痛む。冷たい汗がこめかみを流れる。

「ぼくは……ぼくは……」

いや。もう戻りたくはない。

贅を尽くした屋敷の中で食べるものに困らず、蝶よ花よと暮らしていけても、公爵の欲望のまま好きなように扱われるのは、もう嫌だ。もう二度と、自分を売る暮らしに戻りたいとは思わない。愛する人の傍で生きていきたい。

戸惑いながらも浅葱が贇を見つめると、贇は無言で力強く頷いてくれた。

大丈夫だと。信じるままに生きなさいと言うように。

浅葱も贇に頷くと、顔を上げて真っ直《す》ぐに公爵を見つめた。もう、迷いはなかった。

「ぼくは贇といたい。贇が好き。大好き。公爵と一緒にいる自分は、大嫌いだ」

言い終えると、贇が何も言わずに優しく浅葱を抱きしめた。時が止まったように二人の心が重なる。温かい腕の中で、涙腺がほどけそうになった。

「――興ざめだ」

醒めた声に、はっと我に返ると、公爵がどうでもいいという顔で手を振る。それは、野良犬をよける仕草だ。

「お前ごときの蝶、探せばいくらでも見つけられる。仁礼子爵、連れて帰りなさい」

「え……？」

驚く浅葱の手を、賛が強く握り締めた。彼はきつい眼差しで公爵を見据えている。

「公の許可をいただかなくとも、連れ帰ります。浅葱にどうしても、謝罪はしていただけないのですね」

「まだ言うか。お前ごときの身分で、多くを望むものではない。私はいつでも、子爵家風情など取り潰せることを忘れるな」

冷えた声で公爵は言い放つと、浅葱の前に立ち屈みこんで目線を合わせてきた。

「もう私はお前に興味はない。他人のものには、食指が動かないんだ」

そう言うと、公爵は部屋を出て行こうとする。だが思いついたように立ち止まった。

「だが、お前が私の許に戻りたいと泣いて頭を下げるのならば、受け入れてやらぬでもない。お前はおもしろい玩具だからな」

「は……」

自分が浅葱に対して、なにをしたか。忘れていないはずなのに、この言いざま。怒るよりもなによりも、浅葱は言葉が出なかった。

そして公爵は振り返ることもなく、部屋を出て行く。彼はそのまま、浅葱のいる部屋に戻っては来なかった。

□□□

公爵邸を出て、賛と浅葱の二人は子爵邸へと戻った。

屋敷で待ち受けていたのは、上枝と下枝だ。少女たちは浅葱が玄関に入ったとたん、猫の子のように飛びつき、離れようとしなかったのだ。

「浅葱ちゃま！　かえってきたぁ！」

「浅葱ちゃまぁ！　どこいってたの？　もう、どこにもいかないで！」

少女二人に抱きつかれ、勢い余って床に尻もちをついてしまったが、その可愛らしい愛情表現に、思わず頬が緩んでしまう。

「うん。ぼくはずっと、この家にいられることになったんだ。だから、ずっと一緒」

浅葱の言葉に、少女たちは歓声を上げて大喜びだ。賛は妹たちの嬉しそうな様子を優しい目で見つめている。

「おかえりなさい、浅葱」

涼やかな声に浅葱が顔を上げると水瀬と嘉世子が、こちらに向かって歩いてきた。

「水瀬……。ただいま」

「きみが帰ってきてくれてよかった。どうも、浅葱がいないと調子が狂う」

そんなことを言われて、嬉しくないわけはない。浅葱も例外でなく、満開の花にも似た、晴れやかな笑みを浮かべている。だが、後ろに立つ嘉世子に目が行くと彼女も何かを察しているのだろう、表情が硬い。

そんな様子を見ていると、浅葱にも緊張が伝わってくる。なにか声をかけるべきだろうかと悩んだが、それはできないと唇を噛む。

伯爵家令嬢の嘉世子は、浅葱が気安く話しかけられるような身分ではないからだ。

すると、賛が一歩前に出て口を開いた。

「嘉世子姫。ご心配をおかけして申し訳ありませんでした」

「賛さん、それに浅葱さんもご無事のお戻りでよかったです」

どこか安心したような声は、賛が無事に帰還したからだろう。だが穏やかな表情が、賛の一言で凍り付いた。

「明日、正式に使者を出しますが、あなたには先にお詫びして報告したいことがあります」

「え?」

「私、仁礼賛は正式に葉室嘉世子嬢との婚約を、白紙に戻させていただきたい」

これには嘉世子はもちろん、傍にいた水瀬も双子たちも言葉を失った。主人の出迎えに出た槇原、美東や他のメイドたちも同様だ。

「はいはい。込み入った話は、当事者だけでやってよ」

場の空気を和ませる声を出したのは、水瀬だ。彼は控えの間の扉を開くと、そこへ賛と、凍りつく表情の姉を押し込んでしまった。

「なんかあったら、すぐに声をかけて」

そう言って扉を閉めてしまうと、くるっと振り返る。

「さぁて。仔猫ちゃんたちは寝てないのだから今から寝なさい。ちゃんとお寝巻きに着替えるんだよ。美東、槙原。あとはよろしくね」

「は、はい……っ」

「かしこまりました」

普段なら大騒ぎしそうな双子たちだったが、どうやら場の空気を読んだらしい。おとなしく美東に連れられて、部屋へと戻っていく。だが階段を上りかけた二人は、くるっと振り返ると、浅葱の傍へと駆け寄ってくる。

「二人共、どうしたの。美東が待っているよ」

戸惑った声を出す浅葱に、小さい子供たちが精一杯手を広げて、しがみついてくる。

「浅葱ちゃま、ねているあいだに、いなくならないでね」

「やくそくよ。ずっと、いっしょにいてね」

浅葱の脚に顔をくっつけているので、声がくぐもっている。だが、二人とも涙声だった。その声を聞いているだけで、浅葱も目が潤んでくる。

思わず二人をぐっと抱きしめた。こんなに幼い子に心配させてしまった自分は、本物の莫迦だ。少しでも二人の不安を拭い去ってやりたかった。

「うん。約束。絶対にいなくならないよ」

「ほんとう?」

「約束だもん。嘘ついたら、針せんぼん飲むよ」

そう囁くと双子たちは安心したように笑顔になり、手を振りながら美東に連れられていった。主人を迎えるために集まっていた使用人たちも、槇原が仕事に戻らせる。

「私もこれで失礼いたします。浅葱様がお戻りになられて、本当にようございました」

「うん。槇原さん、ありがとう。心配をかけて、ごめんなさい」

槇原はその言葉に頷くと、下がっていった。玄関ホールに残った浅葱と水瀬は、お互いに顔を見合わせる。するとそのとき、控えの間の扉が、音を立てて開く。

「嘉世子姫、待ってください」

「もうお話はわかりました。賛さんは、わたくしなど不要とおっしゃるのでしょう」

飛び出すようにでてきたのは、嘉世子だ。彼女は玄関ホールに立っていた浅葱も水瀬も目に入らぬように、階段を上ろうとする。その嘉世子の手を、賛は捕まえた。

「誤解がないように、もう一度言います。婚約解消を申し出たのは、私の不徳ゆえです。あなたには、なんの非もありません」

「不徳とおっしゃるなら考え直して。幼い頃から賛様が未来の夫と言われて育ちました。今さら他の方を夫と呼ぶなんて、わたくしには考えられません」

普段おとなしい嘉世子のこの叫びを、賛は悲しそうな表情で受け止めていた。傍で聞いてしまった浅葱まで、胸が痛くなる表情だった。

「理由もわからず婚約解消と言われて、誰が納得できると思いますの？　わたくしは絶対に、婚約解消なんていたしませんから！」

嘉世子の言葉に賛が一瞬だけ息を吸い込んだが、彼女の両肩を摑む。

「た、賛さ……」

「では申します。私は他に愛する人ができてしまい、あなたと添い遂げることが不可能となりました。申し訳ありません」

賛の言葉を聞いた瞬間、嘉世子は両手で顔を覆ってしまった。

「ひどい……っ」

しばらくの間、そのままの恰好でいたが、やがて涙に濡れた面《おもて》を上げる。

「……わかりました。でも、ひとつだけ教えていただかないと、婚約破棄はいたしません」

「教えるとは？」

「賛さんが婚約を解消し、わたくしだけでなく、葉室家とも疎遠になる覚悟までして添い遂げたいという方の、お名前です」

賛は一瞬、苦しそうな表情を浮かべた。だが、すぐに嘉世子の肩を抱くようにして、傍に立つ浅葱を見た。嘉世子が怪訝そうに浅葱を見つめ、次の瞬間、息を呑む。

「え？　あの、賛さん、まさか」

「はい。私は浅葱を愛しています。彼のためになら爵位を捨てても構わないというほどに」

その一言を聞いた瞬間、嘉世子は無言のまま賛の頬を掌で叩いた。パァンッと大きな音がして、賛の肌がみるみる赤くなる。

「最低です……っ」

大きな瞳からボロボロ涙を流した嘉世子は、浅葱に構うことなく階段を上って行ってしまった。ほどなく扉が閉まる音が聞こえたので、部屋に入ったのだろう。

浅葱は嘉世子が上って行った階段をしばらく見上げていたが、すぐにきつい顔で賛を睨みつけた。

「ぼくを愛しているなんて、どうして言ったの！」

浅葱が怒ると、賛は困ったように眉を寄せる。

「嘘をついても必ず露見する。それならば、正直に言うほうが誠実だと思ったからだ」

「ぼくのことなんて、表ざたにする必要はないよ」

「表ざたにする必要がない？　それは、どうしてだ」

「だって男同士だよ？　身分だって違う。ぼくへの愛情が、長続きするわけないじゃないか。そのうち賛だって気が変わる。ぼくなんかと一生添い遂げるわけが」

そこまで言うと、賛は浅葱を引き寄せて強く抱きしめた。隣には水瀬がいるのに、彼はまったく躊躇すらしない。

「賛……」

「きみを愛していることを公言しないが、隠すこともしない。嘉世子姫と水瀬は、私の大事な幼馴染《おさななじみ》だ。秘密は持ちたくない。それよりも、きみに『一生添い遂げるわけがない』と言われるのは、つらい」

「なんか、ぼくお邪魔みたいだから部屋に戻るね。姉上のことも心配だしさ」

傍にいた水瀬が飄々《ひょうひょう》と言うと、嘉世子のあとを追いかけようと階段の手すりに手をかける。

だが彼は、くるっと振り返った。

「姉上のことは心配しなくていい。そりゃ、今はショックが大きいだろうけど。それより、ぼくは賛と浅葱のこと賛成だよ」

「水瀬……」

「そりゃ男同士だから道徳から外れているし、びっくりしたけど。でも浅葱が来てから賛はすごく笑うようになったし、なにより優しくなった」

『びっくりした』の一言で、やはり気持ちが震えてしまう。水瀬は賛にとって大切な幼馴染であり友人だ。できることならば、その関係を崩したくないと思った。

「まいったな。二人は本当に幸せなのか。……賛が幸せだと、ぼくも嬉しい。賛が幸せなのは、浅葱のおかげだよ」

はっきりと言い切ると水瀬はちょっと淋しそうな表情を浮かべた。

「あとは二人でどうぞ。ただし、ぼくと賛の縁は切れないよ。長年の友人だからね」

そう言うと、水瀬は浅葱を見つめ、いきなり右手を差し出した。

「あ、あの」

「握手しよう。ぼくは浅葱が好きだし、賛も大好き。だから今後とも仲良くしよう」

水瀬は浅葱の手をぶんぶん振り回すような握手をして、「じゃあ、またのちほど」とだけ言うと今度こそ、階段を上って行った。

10

水瀬が去ったあと、浅葱は賛に背を抱《いだ》かれ、彼の部屋に戻る。その心中は複雑だった。賛に勧められ椅子に腰かけたが、気持ちは落ち着かない。

賛と一緒に暮らせるのは嬉しいし、すごく楽しい。だけど、人の心を踏みにじるような真似をして、幸せになれるとは思えない。

浅葱が黙り込んだままでいると、賛が困ったような顔をする。

「伯爵家には後ほど、婚約破棄の使者を丁重に出す。慰謝料のこともあるし」

「ううん、そうじゃない」

浅葱は抱きしめられたまま、賛の顔を見上げる。彼は困り果てた顔をして、見つめてくるばかりだ。

「姫は代理を通しての謝罪なんて欲しくないと思う。だって、代理の人を怒るわけにいかないでしょう。嘉世子姫は賛を怒らなくちゃ、むかむかとかモヤモヤとか晴らせないんだ。気持ちの整理がつかないと、前に進めないよ」

「先ほど強めに叩かれたが、あれでは駄目か」

「さっきのは勢いだから。もっと本気でないと」

そこまで言うと、賛は静かな溜息をついた。もしかすると、怒らせてしまったか。

でも、言わなくちゃいけないことはある。自分たちが幸せになるために、誰かを犠牲にするのだ。代理人や弁護士にすべてを任せるのは、間違っている。

「ぼくがとやかく言うのも変だよね……。怒った?」

覗き込むようにして賛の顔を見ると、彼は少々困った顔はしていたが怒ってはいない。

「いいや、怒っていないよ。明日にでも葉室伯爵家に、お詫びに伺う。葉室伯爵と嘉世子姫に、殴《なぐ》られてくるよ。……いや、姫が殴ってくれればいいが」

ほんの少し冗談めいた口調でそう言うと、賛は少し、ふっきれたようだった。

「きみに気を遣わせてしまった。これは私と姫の問題なのに」

「ぼくのほうこそ生意気ばっかり言って、ごめんね」

「私に厳しいことを言ってくれるのは、きみだけだ。私が子爵家を継承したとたん、皆が私に気を遣ってばかりだ」

「大丈夫だよ。双子ちゃんと水瀬は、気を遣っていないみたいだから」

そう言うと賛は微笑み、浅葱の手に触れる。

「きみの記憶、本当はいつから戻っていたんだ？」

「公爵が、この家に来たとき……」

とうとう真実を言ってしまうと、賛は「なるほどね」と呟いた。

「あのときの浅葱の様子は、普通じゃなかった。記憶が戻ったのなら、それも当然か」

そう言われて身の置き所がなく、思わず俯いてしまった。

「最初から、はっきり記憶が戻ったってわけじゃない。思いがけず公爵に会って、頭がすごく痛かった。それで気づいたら、いろいろな情景が過ぎったんだ」

「きみは、ずいぶんと公爵に怯えていた。記憶は失われていたのに、あの方を見た瞬間、すべての記憶が戻ってしまったんだね。……かわいそうに」

静かな声に頷いて、賛の胸に顔を寄せる。『どうして記憶が戻ったのに教えなかった』と、責められるのが怖かった。

「記憶が戻ったと言ったら、公爵家に戻らなくちゃならないでしょう。それが怖くて、わからないフリを続けていた。別に、ずっと続けるつもりじゃなかった。……せめて、着物が洗い張りから戻ってくるまでって」

「着物？　ああ、初めに着ていた振袖か」

どうやら、賛も失念していたらしい。浅葱も着物のことなんか、本当はどうでもいいと思っていた。ただ、あの振袖が、ここにいるための唯一の言い訳だったのだ。

「嘘をついていて、ごめんなさい」

「いや。別に謝らなくてもいい。私も似たようなものだ」

賛は改めて浅葱の顔を見つめてくる。その瞳は狂おしいように眇《すが》められていたが、とても澄んでいて美しい。

「きみを手放したくなかった。実は、着物の洗い張りは先週終わっている。だけど着物を返したら、きみはどこかに帰ってしまうと思って、言えなかったんだ」

驚いて目を見開いている浅葱を、賛は再び強く抱きしめた。

「きみが戻ってきてくれて、よかった。……本当によかった」

熱く囁き、唇を重ねあう。それだけで浅葱の身体には、言い知れぬ悦《よろこ》びが湧き上がった。

「着物の洗い張りが終わっているのに、戻ってないって嘘ついたのは本当？」

「本当だ」

「ぼくを手放したくなくて、わざと言わなかったって本当？」

「ああ。それも本当だよ」

「……うれしい」

贇の言葉を聞いて、浅葱は涙が零れた。自分でも情けないと思うが、止めようがない。

「また涙か。きみは泣き虫だな」

その言葉にかぶりを振ると、またしても涙が零れ落ちる。恥ずかしくて俯こうとすると、贇の手が顎を押さえてしまって動けない。

「もう二度と、贇に逢えないかと思った。逢えないまま、死んでしまうのかって」

「そんなたとえ話を口にする悪い唇は、この唇か」

贇は抱きしめていた浅葱の身体を抱き直すと、再びくちづけてくる。その唇の熱さに思わず息を吸い込むと、あっという間に舌先が口腔内に入り込んだ。

「ん、んん……っ」

甘くて硬い舌先が、浅葱の歯を舐めてくる。その感触に身体を震わせると、贇の舌先は蹂躙《じゅうりん》するように、口蓋を舐めつくす。

頭の芯が痺れるような快感に、身体の力が抜けていくみたいだった。実際、力強い手に支えられていなかったら、くにゃくにゃと頽《くずお》れていたことだろう。

「ん、ふ……っ」

くちづけは、どんどん深くなっていく。唇の端から、どちらのものとも知れぬ唾液が、淫らに零れてしまった。

気がつくと、座っていたはずの長椅子に倒されていた浅葱は、自分の恰好を見て目を見開く。きちんと釦をかけていたはずのシャツは、ほとんど肩まではだけられているし、膝までの半ズボンも、いつの間にか前が開かれている。

「ぼ、ぼく、いつの間に服を脱いでいるの？」

贄はそんな浅葱の反応が面白いのか、口元を綻ばせている。

「ごめんね。あんまり浅葱が可愛いから、止まらなかった」

蕩けそうな眼差しで見つめられて、身体中が熱くなる。人と抱き合って、こんなに緊張するのは初めてかもしれない。

（公爵と抱き合うときは緊張っていうより恐怖のほうが先にあって、いつも身体が強張《こわば》っていた……、って、ぼく、なにを考えているんだ）

愛している人に抱きしめられて、幸せいっぱいなのに。どうして公爵のことなんか考えるのだろうか。今、そんなことを考えたくないのに。

（大好きな人に抱きしめられているのに、どうして公爵のことなんか……）

そう考えた瞬間、ぞくっと寒気が走る。

公爵のことを考えたゆえの怖気《おぞけ》ではない。自分に対しての虞《おそれ》だ。

今まで生きるためにしてきた生業《なりわい》や、公爵にされた数々の凌辱。それらを思い返すと、贄に抱きしめてもらっていいのか、心が痛くなる。こんな汚れた身体なのに。

「どうした」

浅葱の様子がおかしいと気づいた賛が、優しく髪を撫でてくる。その柔らかい感触に、思わず身体が震えた。

「あの、……ぼくは子供の頃から、ずっと遊郭で育ってきて」

「それは、もう聞いた」

先を促す声に、またしても身体が竦む。

自分の過去を吐露することが、こんなにもつらいとは考えもしなかった。

「遊郭で育って、……あの、公爵に水揚げもされている。あの、だから」

「なにが言いたいのかわからない。わかることは、きみは好きな男に触れられたことがないから、愛されるのが怖いんだ」

「え……」

「慈しむ男に大事にされたことがないから怖い。だからこそ愚にもつかないことを言って、私の手を遠ざけようとしている。違うかな」

その言葉に浅葱は大きくかぶりを振った。

「わ、わからない。わからないけど、賛に触ってもらえて嬉しい。……すごく嬉しい」

うっとりと呟くと、そのまま唇を奪われる。

「きみは、私を誘う天才だ」

耳朶《じだ》を嚙むようにして囁かれると、身体がびくびく震える。それが恥ずかしくて俯こうとすると、再び唇を塞がれる。

贅の指先が胸に触れ、尖《とが》った乳首を捻《ひね》るように揉《も》んでくる。その甘い疼《うず》きは恥辱と、そして喜びだ。

「贅、だいすき。だいすき、だいすき。だいすき……っ」

その囁きは熱い抱擁となって浅葱の身体に返される。

「私もだ。……この可愛い、小悪魔め」

□□□

何度も抱き合って、くちづけた。

寝台に座ったまま二人はお互いの唇を舐め、何度も接吻《せっぷん》を交わす。ものすごく気持ちがいいと浅葱は思い、自分がとろとろに蕩けるのがわかった。

唇に触れ、いやらしく舌を絡めあい、口蓋を弄《まさぐ》られて涙が零れる。贅の熱い舌先に口腔だけじゃなく、頬や額、あげくには浅葱の眼球まで舐められた。

「や、やぁあ、……やめ、てぇ」

優しく瞼に触れ、睫《まつげ》の一本一本を丹念に舌で愛撫されると、もう頭の中までも蕩けてしまいそうだ。いつの間にか滲んだ涙も、当然、賛の舌先が舐めつくす。

(食べられちゃうみたい……)

濃厚な愛撫を受けていると、淫靡《いんび》な夢想に拘束される。

唇の端から垂れる唾液さえ、賛は舐めてしまった。そんなことをされると、恥ずかしくて堪らない。

くちづけながら、賛の手は浅葱の背中を撫で、そして、ゆっくりと臀部《でんぶ》を揉みほぐす。その手の熱さと共に、傷つけたくないという気持ちが伝わってきた。そう、欲望を叩きつけるだけならば、こんな手順など必要ないのだ。

だが賛の手は優しく、心と身体の強張りを解くように辛抱強く愛撫を繰り返した。

「浅葱は、どこに触れられるのが好き?」

唐突に囁かれた言葉に、いつの間にか閉じていた瞼を開く。目の前には、妖艶と言っていい眼差しをした賛がいた。

「ど、どこって……」

「この柔らかい肌や、濡れたみたいに美しい黒髪。それに触れられると、気持ちいい？」

「わ、わからない……」

そう言うと賛は困ったように吐息をついた。

「自分が感じるところもわからないの？」

呆れたような声に、ドキッとする。確かに遊郭にいたのだから、性技に長《た》けていると思われても当然だ。だが、実際の浅葱は違っていた。

「そうじゃなくて、……ぼく、人の感じるところはわかるけど、自分が感じるところは、わからない」

「浅葱……」

「へ、変でしょう。でも、ぼく本当に」

そこまで言いかけたとき、身体が引き倒される。ぽふん、と柔らかな布団に仰向けになった浅葱は、自分にのしかかる賛を見上げた。

「では今夜から、きみは私のことだけを考え、快感だけに身を捩《よじ》れ。命令だ」

賛にそう囁かれて、胸の奥が絞られるみたいに痛む。いや、これは痛いのではなく快感なのだと気づくのに、それほど時間はかからなかった。

「ん、んん……」

甘いくちづけは、いつの間にか激しいものになっていく。賛の唇は、あますところなく浅葱を味わい、咀嚼《そしゃく》するように舌を嚙んだ。

その甘美な痛みに身体が震えて、どんどん力が抜けていく。

唇が離されると、賛が優しい眼差しで自分を見つめていることに気づいた。恥ずかしい顔をしていなかったか心配になり、手で顔を覆う。

「どうした。顔を隠さないでくれ」

「でも、……でも、恥ずかしいから」

遊郭で育ったくせに、なにを純情ぶっているのか。自分でもわかっているけれど、本当に恥ずかしいのだから仕方がない。

賛は浅葱の言葉を聞くと、寝台から離れ部屋を出て行ってしまった。突然の行動に、浅葱が驚いて身体を起こして、寝台に座り込む。

「あ……っ、ど、どうしよう……」

いけない。賛を怒らせてしまった。こんな寝台の上でくちづけを交わし、恥ずかしいなどと言って、場をしらけさせてしまったのだ。

深窓の令嬢なら喜ばしい反応でも、浅葱は遊郭育ちなのだ。

どうしていいかわからず、寝台に座り込んだまま涙を流した。

自分は今まで、どんな淫らなことも、やらされた。とことん汚れた身体なのだ。それなのに、愛している人の欲望を怖がるなんて。

いつの間にか服を脱がされていたので、頬から滴り落ちた涙が鎖骨や胸に落ちる。それをぬぐうこともせず、ただ涙を流し続けていると扉が開いた。

「どうした。なにを泣いているんだ」

驚いた顔の賛が部屋の中に入り、扉を閉めた。そのとき、鍵をかける音が響く。

「た、賛が怒って行っちゃったのかと思って悲しくて。……あの、なぜ鍵をかけるの」

浅葱の答えを聞くと賛は苦笑を浮かべ、手に持っていたものをサイドテーブルへと置く。

「鍵は、紳士の嗜《たしな》みだよ。それにしても遊郭にいたとは思えないほど、きみは初々しくて可愛らしい」

「え、どうして?」

「男の欲望が、まだわかっていないからさ」

賛は寝台に腰をかけると、座っている浅葱を引き寄せてくちづけた。彼の唇はひんやりして、触れるだけでドキドキしてくる。

「……すまないが、私に余裕がなくなってきた」

唇が離れると賛は囁き、立ち上がってシャツを脱ぐ。

浅葱は肌も露わだったが、彼の衣服に乱れはなかった。

「ぼく、ひとりで服を脱いで恥ずかしい」

「別に、きみひとりで脱いだわけではないだろう」

「ううん。こんなに乱れていて浅ましい……」

そう言うと賛は可笑しそうに口元で微笑み、「浅ましいねぇ」と繰り返す。

「私としては浅ましくなってもらえるのは、光栄だがね。きみが私に触れられて浅ましく乱れるかと思うと、ぞくぞくする」

そう言って脱ぎ終わった衣服を、寝台の隣にある椅子に引っかける。彼がそうやって服を脱いでいく姿に、浅葱はただ見とれていた。

「どうした?」

浅葱の視線に気づいた賛が寝台に腰をかけて、顔を覗き込んでくる。すらりとしているのに逞しい身体は、どこまでも浅葱の気持ちをときめかせた。

「ううん……、賛って、綺麗だなぁって……」

うっとりと呟く浅葱に苦笑した賛は、困ったような表情を浮かべた。

「きみは前にも、木漏れ日や庭の木が綺麗だと言っていたな。私にとっては、綺麗なのはきみのほうだ」

そう囁くと、浅葱の頬にくちづける。そんなふうに大事にされると、また涙が出た。

「また泣くのか。きみの涙腺はおもしろいな」

「あの、……あのね、ぼく、初めてじゃない、よ」

「もう、その話はやめなさい」

「だって、あの……、初めてじゃなくてごめんなさい」

そう言うと、賛は怒ったように浅葱の顎を摑み、睨みつけてくる。

「きみの初めては、今、これからだ。私がきみの、初めての男だよ」

「賛、……賛、だいすき……」

ぎゅっと抱きしめられて、お互いに唇を寄せあった。賛の唇は首筋に移り肌を這《は》う。思わず小さく喘《あえ》ぐと、また強く抱擁された。

「賛……っ」

賛の唇は首筋から胸へと、そして小さな乳首へと移動していく。その慣れない感触に身体を震わせると、尖った乳首をいきなり何度も甘嚙みされて、悲鳴が零れた。

いつも賛は優しいから、そんな声を上げたら「痛かった?」と訊いてくれる。だけど、このときの彼は訊いてくれなくて、更に乳首を嚙んでくる。

そうされると、もうなにも考えられなくなって、ただ耐えるしかなかった。

「やぁ、ああ……っ、あ、んん……っ」

嚙まれて痛かったはずの箇所が、じんじんと疼き出す。その熱がもどかしくて身を捩ると、贇の溜息が聞こえた。

うっすらと瞼を開くと、彼がサイドテーブルに手を伸ばしているのが見えた。

「贇、どうしたの……」

「ああ、オイルが必要だと思ってね」

「おいる……？　あ、椿油《つばきあぶら》の匂い」

香っているのは、椿油だ。馴染みのある匂いに瞬《まばた》きを繰り返した。

「今度はちゃんと用意するが、今夜はこれしかない。許してくれ」

そこまで言われて、浅葱はようやく理解した。男女でもそうだが、潤滑油は閨《ねや》の必需品だ。遊郭で振袖新造だった浅葱は、何度もそれらを用意した覚えがある。

「あ、あの、塗ってあげようか？」

おずおずと訊くと贇はちょっとだけ微笑み、「今度、お願いしよう」と言った。

「今夜は私が、きみに塗らせてもらう」

大きな両手に椿油を垂らし、それで身体中を弄られる。その濡れた感触に、ぞくぞくと身体が震えた。

「あ、あ、……あ、やぁ、ああ……」

指が侵入して、ゆっくりと蠢《うごめ》いている。ぞくぞくと身体を震わせると、更に油を垂らされた。とたんに潤滑に指が動く。

ぬるりとした官能的な感触に身悶《みもだ》えると、賛がきつい眼差しをする。どうしたのかと思ったとたん、挿入していた指を引き抜いた。

「あ……っ」

身体の奥深くを探る指が抜けたとたん、熱くなったような、むしろ淋しくなったような感覚に囚われる。公爵に貫かれていたときには、一度も感じたことがない感覚だ。

賛は身体を起こすと浅葱の足首を掴む。そして、「細いな」と独り言のように呟いた。

「あ、あ……」

「先ほども言ったが、私のほうに余裕がない」

身勝手な台詞《せりふ》を吐くと浅葱の脚を大きく開いた。そうされると、なにもかもが余さず見えてしまう。恥ずかしくて身を捩ろうとしたが、許してはもらえない。

「少しの間、辛抱してくれ」

そう囁くと、賛は掌に広げていた油を臀《しり》の間に塗り込んでいく。初めてではないのだから、もっと楽に受け入れたいと思っていても、その感触は淫らすぎる。

「賛、賛……っ」

「まだなにもしていないだろう。そんな声で、男を煽るんじゃない」

そう囁き、彼は自分の性器を油で濡れた狭間へと押しつけた。そして、ゆっくりと先端を埋め込んでくる。熱い性器は浅葱の体内を焼き尽くしそうだ。

先ほど挿入された指とは、まるで比べ物にならない大きなものに犯されて、浅葱の唇から声にならない悲鳴が零れた。

「浅葱、ああ、浅葱……。感じているんだね。なんて可愛いんだ」

そう囁かれて瞼を開くと、賛の微笑みが目に入る。なにを言われているのかと思ったら、それは浅葱の身体が感じていたからだ。

賛を受け入れた途端、浅葱の性器からは透明な体液が滲んでいた。その淫らを目の当たりにして、顔が真っ赤になってしまった。

「ご、ごめんなさい……。賛が、賛が入ってくるのが気持ちよくて、ああ……っ」

「いい子だ。気持ちいいのか」

「はい。……はい。気持ちいい、気持ちいい……っ」

そう言った瞬間、賛は浅葱の肩を抱きかかえ、ぐっと深くまで挿入を果たす。最奥まで深々と穿《うが》たれて、もう声も出なかった。

（ふかい、あつい、……おおきい……っ）

挿入が止まったかと思った瞬間、さらに突き上げられた。目の前がちかちかと星が飛んだようになる。

「浅葱、浅葱、すてきだ……」

狂おしいといった声が耳朶を打つ。賛も快感を覚えてくれているのだと思うと、身体がまた熱くなった。

「賛、賛……っ、ああ、もっと。もっと動いて……」

「動いていいのかな。きみは、まだつらいだろう」

「ううん、いいの。いいからもっと深く……」

そう言ったとたん、ぐっと奥深くまで深々と抉《えぐ》られる。その刺激に声が零れ、身体が収縮するみたいだ。

「ああ、締まった。苦しくないか」

「ううん、ううん……っ。いい、いいから、ああ、あああ、いい……っ」

苦しいだけだった賛の存在が、今は違う感覚を与えてくれる。痺れた肉壁を擦りあげられると、それだけで声が上がった。

「あぁ、あぁ、あぁぁん……っ」

「恥ずかしい声だね。もう、感じてきたのか」

浅葱の快感を賛に教えた。深くまで貫かれると、身体中が蕩けるみたいだ。

賛は浅葱の膝を摑むと、片方だけ高く上げる。そうされると、体内の性器がまた奥深くまで侵入してきた。

「あ――……っ、あ――……っ、」

いつの間にか浅葱の唇から、快感に悶えているとしか聞こえない声が零れた。こんなふうに感じてしまうなんて、自分がおかしくなったとしか思えない。

「やぁ、あ、ああ、やだぁ、こんなのやだぁ……っ」

「どうして？　こんなふうに愛されるのは嫌？　もっと気持ちよくなりたいのか」

「ちが、ちがう、やぁだぁ……」

こんな快感は知らない。公爵にされた愛撫とも、複数の男たちに無理やりされた吐精とも違う。身体の奥がめくれ上がるみたいな、そんな悦楽。

「いや、いやぁ、あたま、おかしくなっちゃうぅ……」

「いいよ。おかしくなれ」

冷静な声と共に、またしても突き上げられて声が止まらない。淫らでいやらしいことをしているのに、どこか聖性を帯びているような感覚に囚われる。

人を泣かせて、傷つけて手に入れた愛。

自分たちが幸せになるために、他の人を踏みにじった愛。

その罪深さに震えながら、それでも愛しい人のことを諦められなかった。この人の手を放してしまったら、きっと自分はおかしくなってしまうだろう。

「浅葱、ああ、きみの中に注ぎたい」

「え……、注ぐって……」

「きみの体内の奥深く、細胞まで犯したい。征服したいよ」

とんでもない要求に、身体の奥がまた熱くなる。きっと肌は淫らに赤くなっているだろう。

だけど、贄を突き放すなんてできっこなかった。

犯されたい。奥の奥まで、贄のものでいっぱいになりたい。

「浅葱、もういきそうだ……っ」

酷く切羽詰まった声で囁かれて、浅葱は何回も頷いた。

「いい、いいよ。奥に注いで、して。ぼくも、ぼくも、いく…っ」

そう言った途端、身体を寝台に押し付けられるようにして激しく突き上げられる。

大きな抜き差しに、身体の奥がブルブル震えた。そんな淫らな自分を晒すのは恥ずかしかったが、それでも必死に贄にしがみつく。

「ああ、ああ、ああ、ああ、いく、いっちゃう、いく……っ！」

浅葱の声が聞こえたのか、奥深くにまで貫かれた。その瞬間、身体の奥から溢れ出るみたいにして浅葱は射精してしまった。

その震える身体を強く抱きしめると、賛も同じように身体を震わせ、更に深い侵入を果たす。すぐに熱いものが身体中を満たし、ぞくぞくと震えた。

「ああ……っ」

細胞のひとつひとつが、賛の体液に征服されていくみたいだ。その淫らな想像に身体を震わせていると、賛がゆっくりと性器を引き抜く。

「あ、あああ、あ、ん……」

なんとも言えない喪失感に声が零れると、すぐに甘いくちづけが落ちてくる。先ほどまでの激しさが嘘のような、そんな優しい接吻だった。

「愛しているよ、浅葱」

「あい……」

まだ日本には浸透しきっていない、愛の概念。浅葱は意味がわからなかったが、黙って頷いた。とても素敵な言葉だと思ったからだ。

「きみも私を愛してくれる？」

子供のような瞳で問われて、やはり意味がわからなかったが頷いた。

「はい。……あいして、ます」

たどたどしく答えると、賛は嬉しそうに微笑んだ。そして浅葱の額にくちづける。

「愛という概念は、日本ではまだ広まっていない。その人の人格を認め、敬い、大切にすること。これを愛と言う。浅葱、きみもちゃんと他者を愛しているんだよ」

唐突な言葉に浅葱がかぶりを振ると、賛は優しい表情を浮かべる。

「上枝と下枝を、いつも可愛がってくれるだろう。あれも大きな愛。私を抱きしめて、くちづけてくれる。それも愛だ。私は、そんなふうに愛を惜しみなく与えてくれる浅葱が愛おしい。浅葱、きみは私の誇りだ」

予想もしていなかった賛の言葉に、浅葱は涙が零れた。

「嬉しい……」

「これから、二人で幸せになろう。……いや、妹たちもいたな」

賛の言葉を聞いて、浅葱は思わずぷっと笑った。しどけない褥の中で妹たちの話を持ちだすところが、なんだか賛らしい。

でも、そんな賛だからこそ尊敬できる。この心の美しい人へ、愛が止まらない。

甘い蜜に溺れていた蝶は、賛の手で扶翼《ふよく》され抱きしめられた。だから自分も、ありったけの愛を賛の妹たちに注いでやりたい。

「うん。上枝ちゃんと下枝ちゃんがいてくれると、すごく嬉しい。皆と一緒にいたい」

そう言うと賛は少年のような顔で笑う。その笑顔が、とても愛おしい。

あの雨の日。銀座の街中で雨に濡れながら立ち尽くしていた浅葱。いや、正確には揚羽。幸せになれることなんて、考えたこともなかった。ずっとずっと、幸せなんて考えたことがない。不幸せになる方法しか知らなかった。生きている理由なんか知らなかったし、知りたくもなかった。

それぐらい、人生に絶望していたからだ。

でも、これからはずっと一緒だ。

愛し合う二人と、そして愛おしい幼子たちと共に。傷ついた人生を取り戻し、たくさんの幸せを抱きしめ、大切に大切に愛を数えながら。

end

蝶が乱れる甘い夜

仁礼《にれ》家朝食の席へ、執事が届けた一枚の絵葉書。

「差出人の名前がないな」

銀のトレイに載せられて運ばれた葉書を賛《たすく》が確認して呟《つぶや》くと、執事の槇原《まきはら》は、慇懃《いんぎん》に頭を下げた。

「ご主人様だけでなく浅葱《あさぎ》様にも、同様の葉書が届いております」

「え、ぼく?」

美しい絵葉書には、向日葵《ひまわり》が色鮮やかに印刷されている。最近の印刷技術は向上がめざましく、鮮やかな色彩で描かれた花は、見ているだけで心が浮き立つ。メッセージはない。

「きれいな葉書。嬉しいな、誰が送ってくれたんだろう」

突然の絵葉書は、ちょっと特別な気がした。朝食の席には賛の妹である双子も同席しており、この小さなサプライズに黙っているわけがなかった。

「すてき! 上枝《ほづえ》には、おはがきないの?」

「ねぇねぇ、下枝《しづえ》にも、おはがきないの?」

幼子たちが、きらきらした瞳で執事を見つめた。だが、その眼差《まなざ》しに応えられないというように、槇原はそっと目を伏せる。その悲し気な様子を見て、自分たちには素敵な葉書がないのだと悟ってしまう。

「ないの……」

「……ない、の」

がっくりと肩を落とす二人を見て、浅葱は名案を思い付く。

「あ！　ぼくから下枝ちゃんと上枝ちゃんに、葉書を書くよ。お花の絵葉書がいいかな。それとも帝都で大流行《おおはやり》の女優か花魁《おいらん》の絵葉書を」

「ちがうの、……ちがうの」

「え？　違うってなにが？」

「しらないかたから、おはがき、ほしいの」

「おなまえがないのって、ろまんちっく」

どこか夢見るような口調で言うと、双子たちは、しょんぼりしてしまった。

「ぼくからの葉書だと、ロマンティックじゃないの？」

「浅葱ちゃまは、まいにち、おうちにいるもの」

見知らぬ人間から突如、送られる美しい葉書。そこに意味があると言いたいのだ。

なんとも面倒ではあるが、乙女っぽい願望だ。わかったような、わからないような気持ちになった浅葱は、贄を見た。彼はこっちに来たかといったように目を瞬いたが、咳払《せきばら》いをひとつする。

「そんなに悲しい顔をしなくてもいい。この葉書を送ってくださった方に、お前たちにも葉書を送っていただけないか頼んでみよう。それでどうだ」

その言葉を聞いて、双子たちは頬を真っ赤にして立ち上がる。

「ほんとう？　おにいさま、まほうつかいみたい！」

「すごいっ。おにいさま、だいすき！」

感激したようにお互いの手を握り合い、ぴょんぴょん跳ねる妹たちに、賛は静かな声で注意を促す。

「食事中だ。座りなさい。いい子にしないと、葉書も来ないよ」

「はぁーっい！」

ニコニコして席につく双子たちを見て、浅葱はちょっとホッとする。この子たちが悲しそうな顔をしているのは、見ていてとても切ない。

「でも、どうやって葉書のお願いをするの？　誰が出した葉書かわからないのに」

賛は、ちょっと上目遣いで浅葱を見ると、ヒソヒソ声で答えた。

「筆跡を見れば、わかるよ」

「筆跡？」

書いてあるのは仁礼家の住所と、賛と浅葱の名前だけだ。流麗な達筆だが、それだけでわかるものだろうか。浅葱が首を傾《かし》げると、賛は静かな声で言う。

「あの字は、姫のものだ」

「姫って、嘉世子《きよこ》姫……？」

一見しただけで、賛は元婚約者であった葉室《はむろ》嘉世子の文字だと断言した。それを聞いて、浅葱はなにも言えなくなったように黙り込む。

賛はもう一度、葉書に目を落とす。浅葱たちに見せてはいないが、賛宛ての葉書には一文のメッセージが記されていたのだ。

美しい文字で書かれたそれには、『許します』と一言だけ、記してあった。

□□□

食事が終わると賛は、葉室家へと電話をかけに部屋に入った。一般家庭や店舗などでは認可が下りにくい電話だが、役人や華族に限り設置が許されている。葉室伯爵家は元より、仁礼子爵家も当然のように常設していた。

交換手が繋《つな》ぐ電話の向こうから、「はーい、お久しぶりぃ」と能天気な声が響く。

「水瀬《みなせ》か。姫は不在なのか」

『なぜ、すぐにぼくだと見破るのさ。「嘉世子は明るくなったなぁ」とか言ってよ』

「姫に限って、それはない」

あっさり言ってのけた賛に、水瀬は「やれやれ」と溜息《ためいき》をつく。

『長年、連れ添った夫婦みたいだね。ええと、姉上は軽井沢《かるいざわ》の別荘で静養だよ。あと十日は帰ってこないはずだけど。急用があるなら、伝えるけど』

「この寒い時季に軽井沢とは、ずいぶんと粋《いき》でいらっしゃる」

『あの別荘は姉上のお気に入りだし、東京にいるといろいろ考えちゃうんだよ』

「そうか……」

すべての事情を知っている水瀬は、余計なことを言わない。その心遣いに感謝しながら、大まかなことを話して聞かせた。

『姉上の手書きで、「許します」ねぇ……。なにかあったのかな』

「それは私が訊《き》きたい。先日も会いに行ったが、門前払いだった。それなのに、急にこんな葉書を寄越すなんて。……なにか、不吉なことを考えているんじゃないだろうか」

『不吉って、なにを』

「たとえば、……自害とか」

深刻な賛の声を払拭するように、水瀬は明るく「ないない、絶対ない」と笑った。

『乙女心がわかっていないね。姉上に限って、自害なんてありえないよ』

「なぜそう言い切れる」

『あの人はお嬢様育ちだけど、心の深いところで母性が強い。幼いときから、母親になることを夢に見ていた。その願いを果たさずに死ぬなんて、ありえないよ』

「幼いときから母親になることを夢見ている？　なんだそれは」

『小さな女の子たちが大事にする、ミルクのみ人形を知っている？　女の子は、まだまだ自分が赤ちゃんだっていうのに、人形にミルクを飲ませるママゴトをするんだ。母親になることを夢見てね。母性っていうのは、すごい。男のぼくには、想像もつかないよ』

水瀬の言葉に賛は絶句してしまった。男が思うよりずっと、女性の母性は本能的なのだ。

「……私は、彼女の夢を叶《かな》えてあげられなかったんだな」

二人の間に沈黙が流れた。だが、その昏《くら》い雰囲気を断ち切ったのは、またしても水瀬だ。

『賛はすべてを擲《なげう》っても構わないからと、浅葱ちゃんを選んだ。それでいいと思うよ。嘘《うそ》をつき続けるには、人生は長すぎる。それに男と女が別れるなら、早いほうがいい。共通の友人や共通の財産が増えると、別れにくくなるからさ』

水瀬は一通り話をすると「それよりさ」と切り出した。

『ねえねえ、さっき言っていた双子ちゃんたちへの葉書は、ぼくから送ろうか。軽井沢の消印じゃないけど、まだわからないだろうし。可愛《かわい》らしい絵葉書でいいんだよね』

「そうだな。すまないが、頼んでいいか」

水瀬は明るく「まかしておいて」と答え、電話を切った。思わず深い溜息をついてから、賛も電話を切る。

婚約を解消してから、何回も嘉世子に会いに行った。だが、そのすべてが断られて、すごすごと帰る羽目になってしまったのに、唐突に送られてきた嘉世子からの葉書。

賛は手放しで喜ぶ気にはなれず、苦悩を滲ませている。そのとき、コトッと音がして、顔を上げてみると、そこには浅葱が立ち尽くしていた。

「浅葱、聞いていたのか」

賛は慌てて立ち上がると浅葱を抱きしめ、肩を抱き髪にくちづける。

「……ごめんな、さい……」

俯《うつむ》いた瞬間に、涙がぽろぽろ零《こぼ》れた。賛は浅葱の肩を抱きしめ、頬にくちづける。そして涙を拭うように、何度も唇を寄せてきた。その間も、浅葱の涙は止まらなかった。

「きみが謝る必要は、どこにもない」

「だって、……だって」

「どうか泣かないでくれ」

賛はそう囁《ささや》くと浅葱の手を取り、そっとくちづける。

「他のことならば、いくらでも我慢する。だけど浅葱のことだけは、自分を騙《だま》せない」

賛のくちづけを手に受けながら、浅葱は涙を流し続けた。

「大事な人を傷つけても、それでも、きみの手を取った。たとえ地獄の炎に焼かれたとしても、それでもいい。きみが、……浅葱が幸福なら、それでいい」

賛は浅葱の頬に触れ、そっとくちづけをする。優しい、小鳥のようなキスだ。

「きみが愛《いと》おしい」

浅葱の唇にくちづけようとすると、華奢《きゃしゃ》な身体《からだ》が小さく震えた。その震えさえも愛しいというように、ぎゅっと抱きしめる。

嘉世子から来た絵葉書は、向日葵。まっすぐに太陽に向かっている花は、嘉世子の心であり気持ちなのだと思う。

自分を裏切ったに等しい贅へ、許すと認《したた》め、太陽の花を送ってくれた彼女が、どうか幸福になれるようにと、贅は願わずにいられなかった。

□□□

「あ、あぁ……」

贅が浅葱の身体の奥深くを深々と貫くと、ぞくぞくするような甘い声が浅葱の唇から零れる。

二人は大きな寝台の中で、互いの身体を貪り合った。

乱れたシーツの上で快楽を貪る贅に、浅葱はすべてを受け入れ、何度も身体を開いてくれていた。その健気《けなげ》さが男の心を摑《つか》んでいることに、浅葱は気づいていない。

「あぁ、あぁ、あぁ、あぁ……っ」

身体の奥深くに埋め込んだ性器を揺すり上げると、浅葱の声が甘く蕩《とろ》けていく。その声の心地よさに、贅の身体が更に熱くなった。

「浅葱、ああ、すごくいい。最高だ。きみは？　きみは少しでも感じているか」

「賛、賛……っ。ああ、どうしよう、気持ちいい。すごくいい……っ」

息も絶え絶えの浅葱はそう囁くと、賛の首にしがみつき、くちづけをねだった。

「おねがい、唇がほしいの。もっと深くくちづけて。もっと深く……」

体内のすべてを蹂躙《じゅうりん》されているというのに、浅葱が欲しがる愛撫は、とても慎ましやかだ。もっと大胆になってくれればいいのにと思いながら、賛は何度も浅葱を貫いていた。

「あっ、あっ、あっ、あっ、ああああ……っ」

蕩けそうな声が悩ましく、いつまでも聞いていたいと思ったし、浅葱も素直に身体を委ねてくる。だけど、浅葱自身から愛撫を求める声はなかった。

「浅葱。きみは私と身体を重ねていて、気持ちいいか？　私ばかりが求めていないか？」

そう尋ねると浅葱は顔を真っ赤にして、賛の胸の中に顔を埋《うず》めてしまった。賛は律動を続けながら、浅葱の頬を両手で包み込む。

「答えて。私と抱き合うのは、気持ちいい？」

「あ、ああ、いい、いい……」

「もっと、ちゃんと答えなさい」

その言葉を聞いた瞬間、抱きしめていた浅葱の身体が、重心を失ったように溶け出すのを賛は感じた。腕の中の恋人は、明らかに目の焦点も危うくなっているのが見て取れる。

きつい声で命令され、従属することが、浅葱の官能を揺さぶったのだ。

「き、もち、いい、いい、いい……っ。もっと、もっとしてぇ……っ」

頬を真っ赤に染めながら、朦朧《もうろう》とした目で賛を見た浅葱は、淫猥《いんわい》に腰を動かしてきた。とたんに賛自身が、震えるように滾《たぎ》ってくる。

「浅葱、わざとしているのか。……くそ……っ」

何度も腰を揺らめかせ、体内に収まっている賛の性器を舐《な》めしゃぶる。

「ああ、駄目だ、そんなことをしたら、……一度、いかせてくれないか」

そう囁きながら、賛は浅葱の片足を掴み上げると肩へと担ぐようにして抽送を始めた。浅葱はもう目の焦点を失って、ただ必死に賛にしがみつくばかりだ。

「ああああ……っ！」

「きみを汚すよ。うんと淫らに犯して私に屈服させ、それから抱きしめてあげる。うんと優しく、そう、お姫様のようにね」

いつかも聞いたことのある言葉が、浅葱の官能を刺激し、身体を蕩かせていく。それは浅葱を穿《うが》つ賛にも感じられ、更なる快感が湧き起こる。

「賛、あ、ああ、賛……」

滾る性器を突き上げられて、浅葱があえかな吐息を漏らした。その嘆声を訊いただけで、賛の劣情は刺激される。

何度も何度も貫き、抱きしめ、愛撫し、達した。それでも足りなくて、またくちづける。幸福だった。愛しているものをこの腕に抱き、互いの身体で快楽を与え合う。こんな幸せがあるだろうか。

「賛、賛、賛、……賛、すき、だいすき、すき……っ」

たどたどしく訴える浅葱が愛おしくて、強く抱きしめた。

「私もだ。言葉にし難いぐらい、愛している。ずっと、……未来永劫、一緒にいよう」

浅葱が小さな声で、「嬉しい」と言った。だがその声も、官能の渦に攫《さら》われてしまった賛の耳には、微《かす》かに聞こえただけだった。

□□□

「お嬢様がた。お葉書が参りました」

サンルームで昼食をとっていた賛と浅葱、そして双子たちの許《もと》へ、槇原が銀のトレイに載せて差し出したのは、二枚の絵葉書だ。

絵葉書にはどういった加工なのか、きらきらと金粉がちりばめられている。まるで薔薇《ばら》の花が光っているみたいだ。とたんに可愛らしい歓声が上がった。

「わぁっ！　下枝におはがき！」

「うれしい！　上枝にも、おはがき！」

二人は本当に嬉しそうに葉書に見とれ、賛と浅葱、それに槇原や美東《みとう》にまで見せて回り、挙句の果てには、きゅーっと胸に抱く。

それを見た賛と浅葱は、顔を見合わせて笑った。水瀬が上手《うま》くやってくれたのだ。

「綺麗《きれい》な葉書だね。さすがだなぁ」

本当にホッとした様子の浅葱に、賛は「ありがとう」と礼を言う。

「え？　ありがとうって、ぼくは何にもしてない。水瀬のお陰だよ」

「いいや。しょげている上枝と下枝を見ても子供の我儘《わがまま》で片付けず、きみは手を尽くそうとしてくれた。感謝する」

「ううん。ぼくはただ、上枝ちゃんと下枝ちゃんには、いつも笑っていてほしいんだ」

テーブルの上に置いた浅葱の手を、賛は一瞬だけ握りしめる。その賛の手を見つめていた浅葱は、ぽそっと呟いた。

「ねぇ。二人っきりになれる場所に行きたくない？」

「どうして？」

賛が問うと、浅葱は「んー。どうしてだろう」と呟き、次の瞬間「わかった」と言った。

「二人っきりで抱き合いたくなったの。賛に、ぎゅうって強く抱っこしてほしいんだ」

その言葉を聞いても賛は表情を変えない。だが、真っ直《す》ぐな瞳で浅葱を見た。

「双子はじきに昼寝の時間だ。そうしたら二人で、ゆっくりできる」

賛は優しい笑みを浮かべていたが、その目は艶冶《えんや》としか言いようがない。

「愛しているよ、浅葱。私の、ただひとりの恋人」

その声は本当に小さくて、子供たちの賑《にぎ》やかな笑い声に消されてしまう。だけど浅葱にはちゃんと聞こえていたようで、うっとりとした幸せそうな表情で言った。

「うれしい……」

その呟きを聞いて、なにものにも代えがたい幸福を感じた賛は、静かに微笑を浮かべた。

end

あとがき

こんにちは、拙作をお手にとっていただきまして、ありがとうございました。

イラストは北沢きょう先生です。皆様、ご覧いただきましたか表紙の美しさ！　賛さんの痺れる恰好よさに、浅葱ちゃんの小悪魔入った天使の清楚さ！　凝った背景の耽美さ！　おまけに双子ちゃんたちが愛くるしい！　なんだコレ可愛い！　可愛い！　痺れる！

北沢先生。今回もとてもすてきなイラストを、ありがとうございました！

担当様。私が散々迷い悩んだとき、かっちょいいGOサインをありがとうございました。

「面白かったです」と言ってくださって、涙が出るほど嬉しかったです。

B-PRINCE文庫編集部様。制作、営業、販売に携わる全ての皆様。読者様のお手元に本が到着するのは、皆様のお力と頑張りのおかげです。ありがとうございました！

そして読んでくださった読者様。いかがでしたでしょうか。

私自身、疲れていると幸福な話が読みたくなります。そして書くものも必ずハッピーエンドもの。安易かもしれませんが、本は楽しいものであってほしいのです。

読者様も、「疲れたし、弓月の本でも読むかぁ」と思っていただければ万々歳！

なんか真面目なことを書きましたが、「家庭に一冊、職場に二冊」と、全てを台無しにする一言で終了とさせていただきます。そしていつもどおり、オチございません。

次回もまた、どこかでお逢いできますように。

弓月あや　拝

初出一覧

蝶が溺れた甘い蜜　/書き下ろし
蝶が乱れる甘い夜　/書き下ろし

B♥PRINCE
http://b-prince.com

B-PRINCE文庫をお買い上げいただきありがとうございます。
先生へのファンレターはこちらにお送りください。

〒102-8584
東京都千代田区富士見1-8-19
株式会社KADOKAWA　アスキー・メディアワークス
B-PRINCE文庫　編集部

蝶《ちょう》が溺《おぼ》れた甘《あま》い蜜《みつ》

発行　2016年2月5日　初版発行

著者　弓月あや

発行者　塚田正晃

プロデュース　アスキー・メディアワークス
〒102-8584　東京都千代田区富士見1-8-19
☎03-5216-8377（編集）
☎03-3238-1854（営業）

発行　株式会社KADOKAWA
〒102-8177　東京都千代田区富士見2-13-3

印刷・製本　旭印刷株式会社

小社ホームページ　http://www.kadokawa.co.jp/

Printed in Japan
ISBN978-4-04-865700-6 C0193